FOLIO BILINGUE

Federico García Lorca

Noces de sang
Bodas de sangre

Traduit de l'espagnol et annoté par Albert Bensoussan

Préface de Serge Mestre

Nouvelle traduction

Gallimard

Federico García Lorca naît à Fuente Vaqueros près de Grenade le 5 juin 1898 ; son père s'emploie à faire fructifier ses terres, sa mère est institutrice. D'une santé fragile, le petit garçon est un enfant très protégé. La famille s'installe à Grenade en 1909 où il fait des études de droit par obligation, mais surtout de musique. Ses parents lui interdisant de poursuivre dans cette voie, il bifurque vers la littérature et plus particulièrement la poésie. Durant ses années d'études, García Lorca découvre l'Espagne et commence à écrire *Impressions et paysages*, qu'il publie à compte d'auteur en 1918. L'année suivante, il emménage à la Résidence des étudiants à Madrid, sorte de grand collège à l'anglaise ouvert aux idées nouvelles. Il y fait des rencontres décisives, comme le futur cinéaste Luis Buñuel... Il compose chansons, romances et poèmes qu'il récite en musique à ses amis. En février 1923, il fait la connaissance de Salvador Dalí avec qui il entretient une amitié amoureuse. Sa pièce *Mariana Pineda* (dont Dalí a fait les costumes et les décors) est créée en 1924 à Barcelone, puis à Madrid. En 1928, il publie à Madrid le *Romancero gitan* dont l'immense succès dépasse les frontières de l'Espagne. García Lorca donne des conférences à travers l'Europe, puis embarque pour New York et Cuba en 1929. De retour à Madrid, il se consacre à la création d'un théâtre du peuple, ambulant et gratuit, « La Barraca », en 1932. Il écrit en 1933 *Noces de sang*, une tragédie en trois actes qui marque un tournant dans son œuvre dramatique.

La pièce triomphe l'année suivante à Buenos Aires et le poète séjourne plusieurs mois en Amérique latine. Depuis longtemps violemment antifasciste (il a signé dès 1933 un manifeste contre l'Allemagne d'Hitler), García Lorca salue la victoire du Front populaire en 1936. En juillet, un soulèvement franquiste éclate à Grenade où il vient d'arriver. Arrêté le 16 août, il est fusillé le surlendemain tout près de la Fuente Grande, que les Maures appelaient la Source aux Larmes.

PRÉFACE

Federico García Lorca, militant de la République

Lorsque la seconde République espagnole est proclamée, le 14 avril 1931, Federico García Lorca est déjà l'auteur d'une importante et exceptionnelle œuvre poétique, dont feront partie le célèbre *Romancero gitan* et le non moins magistral recueil de poésies *Poète à New York*, publié l'année suivante. La dictature de Primo de Rivera renversée, la toute nouvelle démocratie se met en place dans une conjoncture délicate de crise économique sévère, ce qui ne l'empêche pas d'encourager les intellectuels à un nouvel élan pour la conquête d'un avenir qui veut avant tout englober les valeurs humanistes de l'époque. Et, dans le processus d'émancipation du peuple espagnol, ces valeurs humanistes de liberté et d'égalité ne sauraient être durablement implantées sans une véritable instruction des classes populaires ouvrant l'accès à la culture de tous.

Voici le contexte dans lequel le nouveau gouvernement de Manuel Azaña, en la personne de Fernando de los Ríos, ministre de l'Instruction publique et ami de Federico García Lorca, subventionne généreusement et donne carte blanche au poète et dramaturge, déjà auteur de nombreuses pièces de théâtre dont les célèbres *Mariana Pineda*, *La Savetière prodigieuse* et *Lorsque cinq ans seront passés*, pour monter une troupe de théâtre ambulant, « La Barraca », composée d'étudiants bénévoles.

L'ambition de La Barraca, en accord avec l'idéal culturel de la République, est de permettre au peuple espagnol de se cultiver à travers les œuvres de ses grands classiques. Un peuple qui sait lire et écrire, qui sait entendre et parler la belle langue, bref, qui a la possibilité d'accéder à la culture et de nourrir une réflexion critique, ne pourra se laisser aveuglément exploiter par quelque pouvoir hiérarchique que ce soit ni subjuguer par l'aristocratie et l'Église. Voilà la grande entreprise de rénovation culturelle que porte la nouvelle République espagnole, et voilà le contrat que Federico García Lorca tentera d'honorer en s'engageant lui-même, de façon franche, claire et totalement volontaire.

C'est ainsi que l'« ouvrier de l'illusion », comme aimait à s'appeler lui-même Federico García Lorca, revêtu d'un bleu de travail en guise d'uniforme, se lance, en compagnie du jeune dramaturge Eduardo Ugarte et d'un groupe d'étudiants de la faculté de philosophie et de lettres de Madrid, sur les routes d'Espagne pour donner à connaître les intermèdes de Cervantès, les pièces de Lope de Vega et de Calderón ou de Tirso de Molina, entre autres, à des citoyens jusqu'ici écartés et privés de toute culture.

Il faut cependant considérer l'expérience vécue

par les membres de La Barraca, le contact direct avec les spectateurs qui ont du mal à être touchés par une langue datée et riche en idées quelquefois abstraites, pour percevoir les circonstances dans lesquelles Federico García Lorca décide d'infléchir son regard de dramaturge et d'écrire des pièces plus proches d'un public non initié aux lettres classiques, parfois même analphabète. Il choisit de mettre en scène des personnages de la vie réelle, dans des décors familiers et s'inspire des mœurs et des faits divers de l'époque. C'est ainsi que naît la célèbre trilogie *Noces de sang*, *Yerma* et *La Maison de Bernarda Alba*, qui met en scène la vie quotidienne dans les villages les plus reculés d'une Espagne rurale où les modes de vie sont archaïques et où la condition de la femme est loin d'être enviable, que ce soit dans *Noces de sang*, qui décrit la résistance tragique d'une jeune fille à se laisser imposer le mariage, dans *Yerma*, qui traite du drame de l'impossibilité d'avoir un enfant, ou enfin dans *La Maison de Bernarda Alba*, où la mère se comporte en véritable despote envers les autres femmes de la maison.

Pour écrire *Noces de sang*, Federico García Lorca s'inspire d'un fait divers dramatique qui s'est déroulé quelques années auparavant dans un petit village andalou de la province d'Almería. Proche des gens, le sujet semble bien choisi. L'intrigue de la pièce est on ne peut plus simple : le jour de ses noces, alors que la fête bat son plein, la fiancée, devenue jeune mariée, s'enfuit avec son amant, qu'on lui a interdit d'épouser quelques années auparavant, car il était dépourvu de tout patrimoine. Le jeune marié se lance à leur poursuite. Les deux hommes s'entre-tueront à coups de couteau, abandonnant la jeune mariée à son désespoir. Rongée de chagrin, celle-ci s'en remettra à la vengeance de la mère du jeune marié.

Mais si *Noces de sang* dénonce la tyrannie du mariage arrangé dans des contrées et devant un public pour qui cela est monnaie courante, et entend manifester qu'il est préférable pour l'individu, plutôt que de courber l'échine, de suivre ses désirs – comme le fit Lorca tout au long de sa courte vie –, la pièce propose aussi une façon nouvelle d'aborder le théâtre à travers les traditions du tissu social dans lequel il plante son décor. C'est ainsi que nous sommes en présence d'un réel mélange de genres et que, dans les moments les plus dramatiques de l'intrigue, la pièce se distord, le texte devient le ruisseau que décrit le personnage de la Lune, la forme des dialogues s'accorde à la mythologie gitane en lui empruntant ses fameuses *coplas* qui composaient déjà le *Romancero* et qui auront fait dire à Jorge Luis Borges (tant pis pour lui) que Lorca était un « Andalou professionnel » ou à Salvador Dalí que son ami Federico ferait bien mieux de revenir au surréalisme que de se tourner vers le folklore du Sud. Tous deux auraient peut-être mieux fait à leur tour de se demander si Lorca ne se colletait pas avec un genre nouveau ; qui sait ? En tout cas, l'histoire ne nous permettra pas de répondre.

Ce qui est cependant sûr, c'est que Federico García Lorca est resté fidèle à son engagement envers la République et ses idéaux d'égalité et de liberté dont le vecteur indispensable reste l'instruction publique. Qu'aurait-il fait ensuite ? Qu'aurait-il écrit si les nationalistes franquistes ne l'avaient lâchement assassiné à l'âge de trente-huit ans en faisant de lui – et ce n'est que justice – la légende que légitiment ses textes ? Qu'aurait-il écrit si les suppôts d'un fascisme qui allait bientôt gagner l'Europe entière n'avaient replongé l'Espagne dans près de quarante ans de dictature ?

SERGE MESTRE

Noces de sang

Tragédie en trois actes et sept tableaux (1933)

Bodas de sangre

Tragedia en tres actos y siete cuadros (1933)

PERSONAJES

LA MADRE
LA NOVIA
LA SUEGRA
LA MUJER DE LEONARDO
LA CRIADA
LA VECINA
MUCHACHAS
LEONARDO
EL NOVIO
EL PADRE DE LA NOVIA
LA LUNA
LA MUERTE (*como mendiga*)
LEÑADORES
MOZOS

PERSONNAGES

LA MÈRE
LA FIANCÉE[1]
LA BELLE-MÈRE
LA FEMME DE LEONARDO
LA SERVANTE
LA VOISINE
JEUNES FILLES
LEONARDO
LE FIANCÉ
LE PÈRE DE LA FIANCÉE
LA LUNE
LA MORT (*en mendiante*)
BÛCHERONS
GARÇONS

ACTO PRIMERO

CUADRO PRIMERO

Habitación pintada de amarillo.

NOVIO, *entrando.*

Madre.

MADRE

¿Qué?

NOVIO

Me voy.

MADRE

¿Adónde?

NOVIO

A la viña.

Va a salir.

PREMIER ACTE

PREMIER TABLEAU

Chambre peinte en jaune.

FIANCÉ, *entrant.*

Mère.

MÈRE

Quoi ?

FIANCÉ

Je pars.

MÈRE

Où ça ?

FIANCÉ

À la vigne.

Il s'apprête à sortir.

MADRE

Espera.

NOVIO

¿Quieres algo?

MADRE

Hijo, el almuerzo.

NOVIO

Déjalo. Comeré uvas. Dame la navaja.

MADRE

¿Para qué?

NOVIO, *riendo.*

Para cortarlas.

MADRE, *entre dientes y buscándola.*

La navaja, la navaja... Malditas sean todas y el bribón que las inventó.

NOVIO

Vamos a otro asunto.

MADRE

Y las escopetas, y las pistolas, y el cuchillo más pequeño, y hasta las azadas y los bieldos de la era.

MÈRE

Attends.

FIANCÉ

Qu'est-ce que tu veux ?

MÈRE

Ton déjeuner, mon fils.

FIANCÉ

Ne t'inquiète pas. Je mangerai du raisin. Donne-moi le couteau[1].

MÈRE

Pour quoi faire ?

FIANCÉ, *en riant.*

Eh bien, pour me couper une grappe.

MÈRE, *entre ses dents et cherchant le couteau.*

Le couteau, le couteau… Maudits soient tous les couteaux et le salaud qui les a inventés.

FIANCÉ

Tournons la page.

MÈRE

Maudits soient les fusils et les pistolets, et la plus petite lame, maudites même les bêches et les fourches.

NOVIO

Bueno.

MADRE

Todo lo que puede cortar el cuerpo de un hombre. Un hombre hermoso, con su flor en la boca, que sale a las viñas o va a sus olivos propios, porque son de él, heredados...

NOVIO, *bajando la cabeza.*

Calle usted.

MADRE

... y ese hombre no vuelve. O si vuelve es para ponerle una palma encima o un plato de sal gorda para que no se hinche. No sé cómo te atreves a llevar una navaja en tu cuerpo, ni cómo yo dejo a la serpiente dentro del arcón.

NOVIO

¿Está bueno ya?

MADRE

Cien años que yo viviera no hablaría de otra cosa. Primero, tu padre, que me olía a clavel y lo disfruté tres años escasos. Luego, tu hermano. ¿Y es justo y puede ser que una cosa pequeña como una pistola o una navaja pueda acabar con un hombre, que es un toro? No callaría nunca. Pasan los meses y la desesperación me pica en los ojos y hasta en las puntas del pelo.

FIANCÉ

C'est reparti.

MÈRE

Maudit tout ce qui peut faucher un homme. Un bon gars, la fleur à la bouche, qui va à ses vignes ou ses oliviers, qui sont à lui, son héritage…

FIANCÉ, *baissant la tête.*

Tais-toi[1] donc.

MÈRE

… et puis cet homme ne revient pas. Ou s'il revient, il faut couvrir son corps de vin de palme et de gros sel pour qu'il ne gonfle pas[2]. Je ne sais comment tu oses avoir un couteau sur toi. Ni comment j'ai pu garder ce serpent dans la huche !

FIANCÉ

Ce n'est pas bientôt fini ?

MÈRE

J'aurais cent ans que je continuerais à dire pareil. D'abord ton père, avec sa bonne odeur d'œillet[3] et j'en ai profité trois ans à peine. Et puis ton frère. Dis-moi un peu, tu trouves ça juste qu'un pistolet ou un couteau, quelque chose d'aussi petit, puisse abattre un homme aussi fort qu'un taureau ? Jamais je ne pourrais me taire. Les mois ont beau passer, le désespoir me brûle les yeux… jusqu'à la pointe des cheveux.

NOVIO, *fuerte.*

¿Vamos a acabar?

MADRE

No. No vamos a acabar. ¿Me puede alguien traer a tu padre? ¿Y a tu hermano? Y luego, el presidio. ¿Qué es el presidio? ¡Allí comen, allí fuman, allí tocan los instrumentos! Mis muertos llenos de hierba, sin hablar, hechos polvo; dos hombres que eran dos geranios... Los matadores, en presidio, frescos, viendo los montes...

NOVIO

¿Es que quiere usted que los mate?

MADRE

No... Si hablo, es porque... ¿Cómo no voy a hablar viéndote salir por esa puerta? Es que no me gusta que lleves navaja. Es que..., que no quisiera que salieras al campo.

NOVIO, *riendo.*

¡Vamos!

MADRE

Que me gustaría que fueras una mujer. No te irías al arroyo ahora y bordaríamos las dos cenefas y perritos de lana.

FIANCÉ, *fort.*

Ça ne va jamais finir ?

MÈRE

Non, ça ne va jamais finir. Qui va me rendre ton père ? Qui peut me rendre ton frère ? Et après ça, le bagne[1]. Ah oui, le bagne, parlons-en ! Là-bas les bagnards mangent, ils fument et font de la musique ! Mais mes morts à moi ils sont remplis d'herbe, bouche cousue, rendus à la poussière : deux hommes beaux comme des géraniums... Leurs tueurs, au bagne, ils se la coulent douce, eux, la vie au grand air...

FIANCÉ

Tu veux donc que je les tue ?

MÈRE

Non... Si j'en parle c'est que... Est-ce que je n'ai pas mon mot à dire quand je te vois franchir cette porte ? Et je n'aime pas que tu aies sur toi un couteau. C'est que..., c'est que je voudrais que tu n'ailles pas aux champs.

FIANCÉ, *riant.*

Ben, dis donc !

MÈRE

C'est que j'aimerais que tu sois une femme. Tu n'irais pas au ruisseau à cette heure et on resterait là toutes les deux à coudre des ourlets, à broder des petits caniches.

NOVIO. *Coge de un brazo a la Madre y ríe.*

Madre, ¿y si yo la llevara conmigo a las viñas?

MADRE

¿Qué hace en las viñas una vieja? ¿Me ibas a meter debajo de los pámpanos?

NOVIO, *levantándola en sus brazos.*

Vieja, revieja, requetevieja.

MADRE

Tu padre sí que me llevaba. Eso es de buena casta. Sangre. Tu abuelo dejó a un hijo en cada esquina. Eso me gusta. Los hombres, hombres: el trigo, trigo.

NOVIO

¿Y yo, madre?

MADRE

¿Tú, qué?

NOVIO

¿Necesito decírselo otra vez?

MADRE, *seria.*

¡Ah!

NOVIO

¿Es que le parece mal?

FIANCÉ, *prenant sa mère par le bras et riant.*

Maman, et si je t'emmenais avec moi aux vignes ?

MÈRE

Qu'est-ce qu'elle ferait cette vieille femme dans les vignes ? Tu veux me mettre sous les pampres[1] ?

FIANCÉ, *la soulevant dans ses bras.*

Pauvre vieille, ma vieille maman, ma chère petite vieille.

MÈRE

Ton père, il m'y emmenait. Ça c'était de la bonne race. Du bon sang. Ton grand-père a semé un fils à chaque coin de rue. C'est ce qui me plaît. Que les hommes soient des hommes et le blé, du blé.

FIANCÉ

Et moi, maman ?

MÈRE

Toi, quoi ?

FIANCÉ

Je dois te le répéter ?

MÈRE, *sérieuse.*

Ah, oui !

FIANCÉ

Est-ce que tu trouves ça mal ?

MADRE

No.

NOVIO

¿Entonces?...

MADRE

No lo sé yo misma. Así, de pronto, siempre me sorprende. Yo sé que la muchacha es buena. ¿Verdad que sí? Modosa. Trabajadora. Amasa su pan y cose sus faldas, y siento, sin embargo, cuando la nombro, como si me dieran una pedrada en la frente.

NOVIO

Tonterías.

MADRE

Más que tonterías. Es que me quedo sola. Ya no me quedas más que tú, y siento que te vayas.

NOVIO

Pero usted vendrá con nosotros.

MADRE

No. Yo no puedo dejar aquí solos a tu padre y a tu hermano. Tengo que ir todas las mañanas, y si me voy es fácil que muera uno de los Félix, uno de la familia de los matadores, y lo entierren al lado. ¡Y eso sí que no! ¡Ca! ¡Eso sí que no! Porque con las uñas los desentierro y yo sola los machaco contra la tapia.

MÈRE

Non.

FIANCÉ

Alors quoi ?…

MÈRE

Moi-même je n'en sais rien. Ça me prend comme ça, soudain, ça me surprend toujours. Je sais bien que c'est une brave fille. N'est-ce pas qu'elle est brave ? Gentille, travailleuse. Elle pétrit son pain et coud ses jupes. Pourtant, quand je prononce son nom, c'est comme si on me lançait un caillou en plein front.

FIANCÉ

Quelles bêtises tu dis là !

MÈRE

Ce ne sont pas des bêtises. C'est que je me retrouve toute seule. Il ne me reste plus que toi et ça me fait peine que tu quittes la maison.

FIANCÉ

Eh bien, tu viendras vivre avec nous.

MÈRE

Non. Je ne peux pas laisser, tout seuls ici, ton père et ton frère. Je dois aller au cimetière tous les matins, et si je n'y vais pas, imagine un peu qu'un des Félix meure, un de cette famille d'assassins, et qu'on l'enterre à côté d'eux. Alors ça, non ! Moi je dis non ! Parce que avec mes ongles, toute seule, je te les sors de terre et je te les écrabouille contre le mur.

NOVIO, *fuerte.*

Vuelta otra vez.

MADRE

Perdóname. *(Pausa.)* ¿Cuánto tiempo llevas en relaciones?

NOVIO

Tres años. Ya pude comprar la viña.

MADRE

Tres años. Ella tuvo un novio, ¿no?

NOVIO

No sé. Creo que no. Las muchachas tienen que mirar con quién se casan.

MADRE

Sí. Yo no miré a nadie. Miré a tu padre, y cuando lo mataron miré a la pared de enfrente. Una mujer con un hombre, y ya está.

NOVIO

Usted sabe que mi novia es buena.

MADRE

No lo dudo. De todos modos, siento no saber cómo fue su madre.

NOVIO

¿Qué más da?

FIANCÉ, *excédé.*

C'est reparti !

MÈRE

Pardon. (*Silence.*) Ça fait longtemps que tu la fréquentes ?

FIANCÉ

Trois ans. J'ai pu enfin acheter la vigne.

MÈRE

Trois ans. Dis-moi, elle a déjà eu un fiancé, non ?

FIANCÉ

Je ne sais pas. Je ne crois pas. Les jeunes filles doivent regarder à deux fois avec qui elles se marient.

MÈRE

Ah oui ? Moi je n'ai regardé personne. J'ai seulement regardé ton père, et quand on me l'a tué j'ai regardé le mur devant moi. Une femme et un homme, un homme et une femme, c'est tout !

FIANCÉ

Tu sais que ma fiancée est une brave fille.

MÈRE

Je n'en doute pas. Je regrette, de toute façon, de ne pas savoir comment était sa mère.

FIANCÉ

Qu'est-ce que ça peut faire ?

MADRE, *mirándole.*

Hijo.

NOVIO

¿Que quiere usted?

MADRE

¡Que es verdad! ¡Que tienes razón! ¿Cuándo quieres que la pida?

NOVIO, *alegre.*

¿Le parece bien el domingo?

MADRE, *seria.*

Le llevaré los pendientes de azófar, que son antiguos, y tú le compras…

NOVIO

Usted entiende más…

MADRE

Le compras unas medias caladas, y para ti dos trajes… ¡Tres! ¡No te tengo más que a ti!

NOVIO

Me voy. Mañana iré a verla.

MADRE

Sí, sí; y a ver si me alegras con seis nietos, o los que te dé la gana, ya que tu padre no tuvo lugar de hacérmelos a mí.

MÈRE, *le regardant.*

Mon fils…

FIANCÉ

Qu'est-ce que tu veux dire ?

MÈRE

Que c'est vrai ! Bon, tu as raison. Quand est-ce que je dois aller faire la demande ?

FIANCÉ, *joyeux.*

Dimanche, ça te paraît bien ?

MÈRE, *sérieuse.*

Je lui apporterai un bijou ancien, les boucles d'oreilles en bronze, et toi tu lui achètes…

FIANCÉ

Tu sais mieux que moi…

MÈRE

Achète-lui des bas brodés et pour toi deux costumes… Non, trois ! Je n'ai plus que toi !

FIANCÉ

Bon, je pars. Demain j'irai la voir.

MÈRE

Oui, oui, et j'espère que tu vas me faire la joie de me donner six petits-enfants, ou ceux que tu voudras…, comme ton père n'a pas eu le temps de me les faire à moi.

NOVIO

El primero para usted.

MADRE

Sí, pero que haya niñas. Que yo quiero bordar y hacer encaje y estar tranquila.

NOVIO

Estoy seguro que usted querrá a mi novia.

MADRE

La querré. *(Se dirige a besarlo y reacciona.)* Anda, ya estás muy grande para besos. Se los das a tu mujer. *(Pausa. Aparte.)* Cuando lo sea.

NOVIO

Me voy.

MADRE

Que caves bien la parte del molinillo, que la tienes descuidada.

NOVIO

¡Lo dicho!

MADRE

Anda con Dios.

Vase el Novio. La Madre queda sentada de espaldas a la puerta. Aparece en la puerta una Vecina vestida de color oscuro, con pañuelo a la cabeza.

FIANCÉ

Mon premier-né sera pour toi.

MÈRE

Oui, mais arrange-toi pour me donner des filles. Parce que moi tout ce que je veux c'est rester tranquille à la maison, à broder et faire de la dentelle.

FIANCÉ

Je suis sûr que tu vas aimer ma fiancée.

MÈRE

Je l'aimerai. (*Elle s'apprête à l'embrasser, puis se ravise.*) Allons, tu es trop grand pour des baisers. Tu les donneras à ta femme… (*Silence. En aparté.*) Quand elle le sera.

FIANCÉ

Je pars.

MÈRE

N'oublie pas de bêcher le coin autour du petit moulin, tu l'as bien négligé.

FIANCÉ

Promis !

MÈRE

Dieu te garde !

Le Fiancé sort. La Mère reste assise tournant le dos à la porte. Apparaît une Voisine, en couleurs sombres, un foulard sur la tête.

Pasa.

VECINA

¿Cómo estás?

MADRE

Ya ves.

VECINA

Yo bajé a la tienda y vine a verte. ¡Vivimos tan lejos!...

MADRE

Hace veinte años que no he subido a lo alto de la calle.

VECINA

Tú estás bien.

MADRE

¿Lo crees?

VECINA

Las cosas pasan. Hace dos días trajeron al hijo de mi vecina con los dos brazos cortados por la máquina.

Se sienta.

MADRE

¿A Rafael?

Entre donc !

VOISINE

Comment ça va ?

MÈRE

Comme ça peut.

VOISINE

Je suis descendue à l'épicerie et je suis passée te voir. On habite si loin[1] !…

MÈRE

Ça fait vingt ans que je ne suis pas montée en haut de la rue.

VOISINE

Tu as bonne mine.

MÈRE

Tu crois ça ?

VOISINE

L'eau a coulé sous les ponts. Il y a deux jours on a ramené le fils de ma voisine les deux bras coupés par la machine.

Elle s'assied.

MÈRE

C'est Rafael ?

VECINA

Sí. Y allí lo tienes. Muchas veces pienso que tu hijo y el mío están mejor donde están, dormidos, descansando, que no expuestos a quedarse inútiles.

MADRE

Calla. Todo eso son invenciones, pero no consuelos.

VECINA

¡Ay!

MADRE

¡Ay!

Pausa.

VECINA, *triste.*

¿Y tu hijo?

MADRE

Salió.

VECINA

¡Al fin compró la viña!

MADRE

Tuvo suerte.

VECINA

Ahora se casará.

VOISINE

Oui. Et si tu le voyais ! Je pense très souvent que ton fils et le mien sont bien mieux là où ils sont, dans leur sommeil et leur repos éternel, plutôt que de finir infirmes.

MÈRE

Tais-toi. Tout ça c'est des histoires, ça ne console pas.

VOISINE

Je sais, je sais !

MÈRE

Hélas, hélas !

Silence.

VOISINE, *triste.*

Et ton fils ?

MÈRE

Il est dehors.

VOISINE

La vigne, il a fini par l'acheter !

MÈRE

Il a eu cette chance.

VOISINE

Alors il va pouvoir se marier.

MADRE. *Como despertando y acercando su silla a la silla de la Vecina.*

Oye.

VECINA, *en plan confidencial.*

Dime.

MADRE

¿Tú conoces a la novia de mi hijo?

VECINA

¡Buena muchacha!

MADRE

Sí, pero…

VECINA

Pero quien la conozca a fondo no hay nadie. Vive sola con su padre allí, tan lejos, a diez leguas de la casa más cerca. Pero es buena. Acostumbrada a la soledad.

MADRE

¿Y su madre?

VECINA

A su madre la conocí. Hermosa. Le relucía la cara como a un santo; pero a mí no me gustó nunca. No quería a su marido.

MADRE, *fuerte.*

Pero ¡cuántas cosas sabéis las gentes!

MÈRE, *ayant l'air de se réveiller et approchant sa chaise de celle de la Voisine.*

Écoute.

VOISINE, *l'air complice.*

Dis-moi.

MÈRE

Tu connais la fiancée de mon fils ?

VOISINE

Une brave petite !

MÈRE

Oui, mais…

VOISINE

Mais la connaître, disons connaître, personne ne la connaît. Sauf qu'elle vit seule avec son père là-bas, très loin, à dix lieues de la maison la plus proche. Mais c'est une brave fille. Habituée à la solitude.

MÈRE

Et sa mère ?

VOISINE

Sa mère, je l'ai connue. Une belle femme. Son visage brillait comme celui d'une sainte ; mais moi, elle ne m'a jamais plu. Elle n'aimait pas son mari.

MÈRE, *vivement.*

Vous, les gens, vous en savez des choses !

VECINA

Perdona. No quisiera ofender; pero es verdad. Ahora, si fue decente o no, nadie lo dijo. De esto no se ha hablado. Ella era orgullosa.

MADRE

¡Siempre igual!

VECINA

Tú me preguntaste.

MADRE

Es que quisiera que ni a la viva ni a la muerta las conociera nadie. Que fueran como dos cardos, que ninguna persona los nombra y pinchan si llega el momento.

VECINA

Tienes razón. Tu hijo vale mucho.

MADRE

Vale. Por eso lo cuido. A mí me habían dicho que la muchacha tuvo novio hace tiempo.

VECINA

Tendría ella quince años. Él se casó ya hace dos años con una prima de ella, por cierto. Nadie se acuerda del noviazgo.

MADRE

¿Cómo te acuerdas tú?

VOISINE

Excuse-moi. Je ne voudrais blesser personne, mais c'est la vérité. Maintenant, si elle était honnête ou pas, personne ne l'a dit. On n'en a pas parlé. Elle était fière.

MÈRE

Toujours pareil !

VOISINE

C'est toi qui m'as interrogée.

MÈRE

Moi, je voudrais que personne ne connaisse ni la vivante ni la morte. Qu'elles soient toutes les deux comme des chardons, qu'on ne remarque même pas mais qui piquent le moment venu.

VOISINE

Tu as raison. Ton fils est quelqu'un de valeur.

MÈRE

Je veux. C'est pourquoi je prends soin de lui. Quant à la fille, j'ai entendu dire qu'elle avait eu un fiancé, dans le temps.

VOISINE

Elle devait avoir quinze ans. Lui s'est marié il y a deux ans, avec une cousine à elle, voilà. Ces fiançailles-là, on ne s'en souvient plus.

MÈRE

Et comment ça se fait que tu t'en souviennes, toi ?

VECINA

¡Me haces unas preguntas!...

MADRE

A cada uno le gusta enterarse de lo que le duele. ¿Quién fue el novio?

VECINA

Leonardo.

MADRE

¿Qué Leonardo?

VECINA

Leonardo el de los Félix.

MADRE, *levantándose.*

¡De los Félix!

VECINA

Mujer, ¿qué culpa tiene Leonardo de nada? El tenía ocho años cuando las cuestiones.

MADRE

Es verdad... Pero oigo eso de Félix y es lo mismo *(entre dientes)* Félix que llenárseme de cieno la boca *(escupe)*, y tengo que escupir, tengo que escupir por no matar.

VECINA

Repórtate. ¿Qué sacas con eso?

MADRE

Nada. Pero tú lo comprendes.

VOISINE

Tu me poses de ces questions !

MÈRE

Quand on en a gros sur le cœur, on aime savoir. Qui c'était le fiancé ?

VOISINE

Leonardo.

MÈRE

Quel Leonardo ?

VOISINE

Leonardo, le fils des Félix[1].

MÈRE, *se levant brusquement.*

La famille des Félix !

VOISINE

Écoute, en quoi c'est la faute de Leonardo ? Il avait huit ans quand ça s'est passé.

MÈRE

C'est vrai… mais dès que j'entends ce nom de Félix (*serrant les dents*) ma bouche se remplit de terre (*elle crache*) et je dois cracher, je crache pour ne pas tuer.

VOISINE

Calme-toi, à quoi ça t'avance ?

MÈRE

À rien. Mais tu me comprends, toi.

VECINA

No te opongas a la felicidad de tu hijo. No le digas nada. Tú estás vieja. Yo, también. A ti y a mí nos toca callar.

MADRE

No le diré nada.

VECINA, *besándola.*

Nada.

MADRE, *serena.*

¡Las cosas!...

VECINA

Me voy, que pronto llegará mi gente del campo.

MADRE

¿Has visto qué día de calor?

VECINA

Iban negros los chiquillos que llevan el agua a los segadores. Adiós, mujer.

MADRE

Adiós.

Se dirige a la puerta de la izquierda. En medio del camino se detiene y lentamente se santigua.

TELÓN

VOISINE

Ne t'oppose pas au bonheur de ton fils. Ne lui dis rien. Tu es vieille. Moi aussi. Alors toi et moi, on tient notre langue et bouche cousue.

MÈRE

Je ne lui dirai rien.

VOISINE, *l'embrassant.*

C'est ça, rien.

MÈRE, *calmée.*

Quelle histoire !...

VOISINE

Je pars, mes gars vont rentrer des champs.

MÈRE

Quelle chaleur il fait, tu as vu ça ?

VOISINE

Brûlés de soleil, noirs ils étaient les gosses qui portent à boire aux faucheurs. Bon, je me sauve.

MÈRE

Adieu.

La Mère se dirige vers la porte sur la gauche. À mi-chemin elle s'arrête et fait lentement le signe de croix.

RIDEAU.

CUADRO SEGUNDO

Habitación pintada de rosa con cobres y ramos de flores populares. En el centro, una mesa con mantel. Es la mañana.

Suegra de Leonardo con un niño en brazos. Lo mece. La Mujer, en la otra esquina, hace punto de media.

SUEGRA

Nana, niño, nana
del caballo grande
que no quiso el agua.
El agua era negra
dentro de las ramas.
Cuando llega al puente
se detiene y canta.
¿Quién dirá, mi niño,
lo que tiene el agua
con su larga cola
por su verde sala?

MUJER, *bajo.*

Duérmete, clavel,
que el caballo no quiere beber.

SUEGRA

Duérmete, rosal,
que el caballo se pone a llorar.

DEUXIÈME TABLEAU

Une pièce peinte en rose avec des cuivres et des bouquets de fleurs des champs. Au milieu, une table couverte d'une nappe. C'est le matin.

La Belle-Mère de Leonardo tient un enfant dans les bras et le berce. La Femme de Leonardo, à l'autre bout de la pièce, fait du tricot.

BELLE-MÈRE

Dodo[1], l'enfant do,
l'enfant dormira bientôt,
le grand cheval[2]
n'a pas voulu d'eau.
Entre les rameaux
noire était l'eau.
En arrivant au pont
il s'arrête et chante.
Qui dira, mon petiot,
ce qu'elle a cette eau,
avec sa longue traîne,
sur son vert domaine ?

FEMME, *à voix basse.*

Mon œillet, fais dodo,
le cheval ne veut pas de cette eau.

BELLE-MÈRE

Fais dodo, mon rosier,
le cheval s'est mis à pleurer.

Las patas heridas,
las crines heladas,
dentro de los ojos
un puñal de plata.
Bajaban al río.
¡Ay, cómo bajaban!
La sangre corría
más fuerte que el agua.

MUJER

Duérmete, clavel,
que el caballo no quiere beber.

SUEGRA

Duérmete, rosal,
que el caballo se pone a llorar.

MUJER

No quiso tocar
la orilla mojada,
su belfo caliente
con moscas de plata.
A los montes duros
sólo relinchaba
con el río muerto
sobre la garganta.
¡Ay caballo grande
que no quiso el agua!
¡Ay dolor de nieve,
caballo del alba!

SUEGRA

¡No vengas! Detente,

Aux pattes blessé,
crinière glacée,
au fond des yeux
poignard d'argent.
Ils roulaient au ruisseau,
ah, comme ils y roulaient !
Le sang coulait
plus fort que l'eau.

FEMME

Mon œillet, fais dodo,
le cheval ne veut pas de cette eau.

BELLE-MÈRE

Fais dodo, mon rosier,
le cheval s'est mis à pleurer.

FEMME

Ses naseaux brûlants
aux mouches d'argent
ne veulent pas toucher
à la rive mouillée.
Face aux rudes montagnes
il ne sait que hennir
avec dans sa gorge
le ruisseau mort.
Le grand cheval
ne veut pas de cette eau !
Neige chagrin,
cheval matin !

BELLE-MÈRE

Ne viens pas ! Patience,

cierra la ventana
con rama de sueños
y sueño de ramas.

MUJER

Mi niño se duerme.

SUEGRA

Mi niño se calla.

MUJER

Caballo, mi niño
tiene una almohada.

SUEGRA

Su cuna de acero.

MUJER

Su colcha de holanda.

SUEGRA

Nana, niño, nana.

MUJER

¡Ay caballo grande
que no quiso el agua!

SUEGRA

¡No vengas, no entres!
Vete a la montaña.
Por los valles grises
donde está la jaca.

ferme la fenêtre
d'une branche de rêves,
d'un rêve de branches.

FEMME

Mon enfant s'endort.

BELLE-MÈRE

Mon enfant se tait.

FEMME

Cheval, mon enfant
a un oreiller.

BELLE-MÈRE

Un berceau d'acier.

FEMME

Et des draps fins.

BELLE-MÈRE

Dodo, l'enfant do.

FEMME

Le grand cheval
ne veut pas de cette eau !

BELLE-MÈRE

Ne viens pas, n'entre !
Va-t'en dans les monts,
dans les gris vallons,
retrouver ta cavale.

MUJER, *mirando.*

Mi niño se duerme.

SUEGRA

Mi niño descansa.

MUJER, *bajito.*

Duérmete, clavel,
que el caballo no quiere beber.

SUEGRA, *levantándose, y muy bajito.*

Duérmete, rosal,
que el caballo se pone a llorar.

Entran al niño. Entra Leonardo.

LEONARDO

¿Y el niño?

MUJER

Se durmió.

LEONARDO

Ayer no estuvo bien. Lloró por la noche.

MUJER, *alegre.*

Hoy está como una dalia. ¿Y tú? ¿Fuiste a casa del herrador?

LEONARDO

De allí vengo. ¿Querrás creer? Llevo más de dos meses poniendo herraduras nuevas al caballo y

FEMME, *regardant.*

Mon enfant s'endort.

BELLE-MÈRE

Mon enfant se repose.

FEMME, *à voix basse.*

Le cheval ne veut pas de cette eau,
mon œillet, fais dodo.

BELLE-MÈRE, *se levant et tout bas.*

Le cheval s'est mis à pleurer,
fais dodo, mon rosier.

Elles emmènent l'enfant. Leonardo entre.

LEONARDO

Et le petit ?

FEMME

Il s'est endormi.

LEONARDO

Il n'était pas bien hier. Il a pleuré la nuit.

FEMME, *joyeuse.*

Mais aujourd'hui il est beau comme un dahlia. Et toi ? Tu es allé chez le maréchal-ferrant ?

LEONARDO

J'en viens. Tu ne vas pas me croire, ça fait deux mois qu'à mon cheval je mets des fers neufs et

siempre se le caen. Por lo visto se las arranca con las piedras.

MUJER

¿Y no será que lo usas mucho?

LEONARDO

No. Casi no lo utilizo.

MUJER

Ayer me dijeron las vecinas que te habían visto al límite de los llanos.

LEONARDO

¿Quién lo dijo?

MUJER

Las mujeres que cogen las alcaparras. Por cierto que me sorprendió. ¿Eras tú?

LEONARDO

No. ¿Qué iba a hacer yo allí, en aquel secano?

MUJER

Eso dije. Pero el caballo estaba reventando de sudor.

LEONARDO

¿Lo viste tú?

MUJER

No. Mi madre.

ils tombent toujours[1]. Je crois bien qu'ils s'arrachent sur les cailloux.

FEMME

Tout ça, ce n'est pas à force de le monter ?

LEONARDO

Pas du tout. Je monte à peine.

FEMME

Hier, les voisines m'ont dit qu'elles t'avaient vu tout au bout des plaines.

LEONARDO

Qui a dit ça ?

FEMME

Les femmes qui cueillent les câpres. Ça m'a surprise, c'est sûr. Est-ce que c'était toi ?

LEONARDO

Non. Qu'est-ce que j'irais faire là-bas, sur ces terres sèches ?

FEMME

Je me disais aussi. Mais le cheval crevait de sueur.

LEONARDO

Tu l'as vu, toi ?

FEMME

Non. Ma mère.

LEONARDO

¿Está con el niño?

MUJER

Sí. ¿Quieres un refresco de limón?

LEONARDO

Con el agua bien fría.

MUJER

¡Cómo no viniste a comer!...

LEONARDO

Estuve con los medidores del trigo. Siempre entretienen.

MUJER, *haciendo el refresco y muy tierna.*

¿Y lo pagan a buen precio?

LEONARDO

El justo.

MUJER

Me hace falta un vestido y al niño una gorra con lazos.

LEONARDO, *levantándose.*

Voy a verlo.

MUJER

Ten cuidado, que está dormido.

LEONARDO

Elle est avec le petit ?

FEMME

Oui. Tu veux une citronnade ?

LEONARDO

Avec de l'eau bien fraîche.

FEMME

Tu n'es pas venu manger, pourquoi ?...

LEONARDO

J'étais à mesurer le blé avec les gars. Ça leur prend un temps fou.

FEMME, *préparant la citronnade, câline.*

Ils t'en donnent un bon prix ?

LEONARDO

Le juste prix.

FEMME

Il me faudrait une robe et pour le petit un bonnet à rubans.

LEONARDO, *se levant.*

Je vais le voir.

FEMME

Va doucement, il est endormi.

SUEGRA, *saliendo.*

Pero ¿quién da esas carreras al caballo? Está abajo, tendido, con los ojos desorbitados, como si llegara del fin del mundo.

LEONARDO, *agrio.*

Yo.

SUEGRA

Perdona; tuyo es.

MUJER, *tímida.*

Estuvo con los medidores del trigo.

SUEGRA

Por mí, que reviente.

Se sienta.
Pausa.

MUJER

El refresco. ¿Está frío?

LEONARDO

Sí.

MUJER

¿Sabes que piden a mi prima?

LEONARDO

¿Cuándo?

BELLE-MÈRE, *entrant.*

Qui c'est qui crève le cheval à la course ? L'animal est en bas, couché, les yeux exorbités comme s'il arrivait du bout du monde.

LEONARDO, *d'un ton aigre.*

C'est moi.

BELLE-MÈRE

Après tout, c'est ton affaire.

FEMME, *timide.*

Il était à mesurer le blé.

BELLE-MÈRE

Moi ça m'est égal qu'il crève !

Elle s'assied.
Silence.

FEMME

La citronnade, elle est bien fraîche ?

LEONARDO

Oui.

FEMME

Tu sais qu'on demande ma cousine en mariage ?

LEONARDO

Quand ça ?

MUJER

Mañana. La boda será dentro de un mes. Espero que vendrán a invitarnos.

LEONARDO, *serio.*

No sé.

SUEGRA

La madre de él creo que no estaba muy satisfecha con el casamiento.

LEONARDO

Y quizá tenga razón. Ella es de cuidado.

MUJER

No me gusta que penséis mal de una buena muchacha.

SUEGRA

Pero cuando dice eso es porque la conoce. *(Con intención.)* ¿No ves que fue tres años novia suya?

LEONARDO

Pero la dejé. *(A su mujer.)* ¿Vas a llorar ahora? ¡Quita! *(La aparta bruscamente las manos de la cara.)* Vamos a ver al niño.

Entran abrazados.

Aparece la Muchacha, alegre. Entra corriendo.

MUCHACHA

Señora.

FEMME

Demain. Le mariage c'est pour dans un mois. J'espère qu'on va nous inviter.

LEONARDO, *grave.*

Je n'en sais rien.

BELLE-MÈRE

Je crois que sa mère à lui n'est pas très contente de ce mariage.

LEONARDO

Elle a peut-être raison. La fille est difficile à vivre.

FEMME

Je n'aime pas qu'on pense du mal d'une si brave fille.

BELLE-MÈRE

S'il le dit, lui, c'est qu'il la connaît. (*Insistante.*) Tu ne sais donc pas qu'elle a été fiancée à lui pendant trois ans ?

LEONARDO

Mais j'ai laissé tomber. (*À sa femme.*) Tu ne vas pas te mettre à chialer, non ? Arrête ! (*Il lui écarte les mains du visage.*) Allons voir le petit.

Ils sortent en se tenant enlacés.
La Jeune Fille entre joyeusement en courant.

JEUNE FILLE

Madame.

SUEGRA

¿Qué pasa?

MUCHACHA

Llegó el novio a la tienda y ha comprado todo lo mejor que había.

SUEGRA

¿Vino solo?

MUCHACHA

No, con su madre. Seria, alta. *(La imita.)* Pero ¡qué lujo!

SUEGRA

Ellos tienen dinero.

MUCHACHA

¡Y compraron unas medias caladas!... ¡Ay, qué medias! ¡El sueño de las mujeres en medias! Mire usted: una golondrina aquí *(Señala el tobillo.)*, un barco aquí *(Señala la pantorrilla.)* y aquí una rosa. *(Señala el muslo.)*

SUEGRA

¡Niña!

MUCHACHA

¡Una rosa con las semillas y el tallo! ¡Ay! ¡Todo en seda!

SUEGRA

Se van a juntar dos buenos capitales.

BELLE-MÈRE

Qu'y a-t-il ?

JEUNE FILLE

Le fiancé est venu au magasin et il a acheté tout ce qu'il y avait de mieux.

BELLE-MÈRE

Il était seul ?

JEUNE FILLE

Non, avec sa mère. Une femme grande, l'air sévère. (*Elle l'imite.*) Mais quel luxe !

BELLE-MÈRE

Ils ont les moyens.

JEUNE FILLE

Et ils ont acheté des bas brodés !... Vous auriez vu ! Des bas de rêve ! Imaginez : une hirondelle ici (*montrant sa cheville*), un bateau là (*montrant son mollet*) et là une rose (*montrant sa cuisse*).

BELLE-MÈRE

Ma fille !

JEUNE FILLE

Une rose avec la tige et les pétales ! Et je vous dis pas, tout en soie !

BELLE-MÈRE

Ils vont réunir leurs deux bas de laine.

Aparecen Leonardo y su Mujer.

MUCHACHA

Vengo a deciros lo que están comprando.

LEONARDO, *fuerte.*

No nos importa.

MUJER

Déjala.

SUEGRA

Leonardo, no es para tanto.

MUCHACHA

Usted dispense.

Se va llorando.

SUEGRA

¿Qué necesidad tienes de ponerte a mal con las gentes?

LEONARDO

No le he preguntado su opinión.

Se sienta.

SUEGRA

Está bien.

Pausa.

Leonardo et sa femme apparaissent.

JEUNE FILLE

Je venais vous dire tout ce qu'ils ont acheté.

LEONARDO, *fort.*

J'en ai rien à foutre.

FEMME

Laisse-la.

BELLE-MÈRE

Leonardo, il n'y a pas de quoi s'énerver.

JEUNE FILLE

Excusez-moi.

Elle sort en pleurant.

BELLE-MÈRE

Quel besoin tu as de te mettre mal avec les gens !

LEONARDO

Je ne lui ai rien demandé.

Il s'assied.

BELLE-MÈRE

Très bien.

Silence.

MUJER, *a Leonardo.*

¿Qué te pasa? ¿Qué idea te bulle por dentro de la cabeza? No me dejes así, sin saber nada…

LEONARDO

Quita.

MUJER

No. Quiero que me mires y me lo digas.

LEONARDO

Déjame.

Se levanta.

MUJER

¿Adónde vas, hijo?

LEONARDO, *agrio.*

¿Te puedes callar?

SUEGRA, *enérgica, a su hija.*

¡Cállate!

Sale Leonardo.

¡El niño!

Entra y vuelve a salir con él en brazos.
La Mujer ha permanecido de pie, inmóvil.

Las patas heridas,
las crines heladas,
dentro de los ojos
un puñal de plata.

FEMME, *à Leonardo.*

Qu'est-ce que tu as ? Qu'est-ce que tu mijotes dans ta tête, tu veux me dire un peu ?…

LEONARDO

Laisse tomber.

FEMME

Non. Je veux que tu me regardes et que tu me le dises.

LEONARDO

Fiche-moi la paix.

Il se lève.

FEMME

Où est-ce que tu vas, dis ?

LEONARDO, *rude.*

Vas-tu la boucler ?

BELLE-MÈRE, *énergique, à sa fille.*

Tais-toi donc !

Leonardo sort.

Le petit !

Elle sort et revient avec l'enfant dans les bras.
La Femme est restée debout, immobile.

Aux pattes blessé,
crinière glacée,
au fond des yeux
poignard d'argent

Bajaban al río.
La sangre corría
más fuerte que el agua.

MUJER, *volviéndose lentamente y como soñando.*

Duérmete, clavel,
que el caballo se pone a beber.

SUEGRA

Duérmete, rosal,
que el caballo se pone a llorar.

MUJER

Nana, niño, nana.

SUEGRA

¡Ay, caballo grande,
que no quiso el agua!

MUJER, *dramática.*

¡No vengas, no entres!
¡Vete a la montaña!
¡Ay dolor de nieve,
caballo del alba!

SUEGRA, *llorando.*

Mi niño se duerme...

MUJER, *llorando y acercándose lentamente.*

Mi niño descansa...

ils roulaient au ruisseau.
Le sang coulait
plus fort que l'eau.

FEMME, *se retournant lentement et comme en rêvant.*

Le cheval ne veut pas de cette eau,
mon œillet, fais dodo.

BELLE-MÈRE

Le cheval s'est mis à pleurer,
fais dodo, mon rosier.

FEMME

Dodo, l'enfant do.

BELLE-MÈRE

Le grand cheval
ne veut pas de cette eau.

FEMME, *dramatique.*

Ne viens pas, n'entre pas,
va dans la montagne,
neige chagrin,
cheval matin.

BELLE-MÈRE, *pleurant.*

Il s'endort mon bébé…

FEMME, *pleurant et s'approchant lentement.*

Il se repose mon bébé…

SUEGRA

Duérmete, clavel,
que el caballo no quiere beber.

MUJER, *llorando y apoyándose sobre la mesa.*

Duérmete, rosal,
que el caballo se pone a llorar.

TELÓN

CUADRO TERCERO

Interior de la cueva donde vive la Novia. Al fondo, una cruz de grandes flores rosa. Las puertas, redondas, con cortinajes de encaje y lazos rosa. Por las paredes, de material blanco y duro, abanicos redondos, jarros azules y pequeños espejos.

CRIADA

Pasen…

Muy afable, llena de hipocresía humilde. Entran el Novio y su Madre. La Madre viste de raso negro y lleva mantilla de encaje. El Novio, de pana negra con gran cadena de oro.

¿Se quieren sentar? Ahora vienen.

BELLE-MÈRE

Le cheval ne veut pas de cette eau,
mon œillet, fais dodo.

FEMME, *pleurant et s'appuyant à la table.*

Le cheval s'est mis à pleurer,
fais dodo, mon rosier.

RIDEAU.

TROISIÈME TABLEAU

Intérieur de la grotte[1] *où vit la Fiancée. Au fond, une croix de grandes fleurs roses. Les portes rondes avec des rideaux de dentelle aux embrasses roses. Aux murs faits d'un matériau blanc et dur, des éventails ronds, des vases bleus et de petits miroirs.*

SERVANTE

Entrez…

Très aimable, avec une hypocrite humilité. Le Fiancé et sa Mère entrent. La Mère est vêtue de satin noir avec une mantille en dentelle. Le Fiancé, en velours noir avec une léontine en or.

Voulez-vous vous asseoir ? Ils arrivent tout de suite.

Sale.

Quedan Madre e Hijo sentados, inmóviles, como estatuas. Pausa larga.

MADRE

¿Traes el reloj?

NOVIO

Sí.

Lo saca y lo mira.

MADRE

Tenemos que volver a tiempo. ¡Qué lejos vive esta gente!

NOVIO

Pero estas tierras son buenas.

MADRE

Buenas; pero demasiado solas. Cuatro horas de camino y ni una casa ni un árbol.

NOVIO

Estos son los secanos.

MADRE

Tu padre los hubiera cubierto de árboles.

NOVIO

¿Sin agua?

Elle sort.

Mère et Fils restent assis, figés comme des statues. Long silence.

MÈRE

Tu as ta montre ?

FIANCÉ

Oui.

Il la tire de son gousset et regarde l'heure.

MÈRE

Nous devrons rentrer à temps. Qu'ils habitent loin ces gens !

FIANCÉ

Mais ces terres sont bonnes.

MÈRE

Bonnes, mais trop isolées. Quatre heures de route, et pas une maison, pas un arbre.

FIANCÉ

Ce sont les terres sèches.

MÈRE

Ton père les aurait couvertes d'arbres.

FIANCÉ

Sans eau ?

MADRE

Ya la hubiera buscado. Los tres años que estuvo casado conmigo, plantó diez cerezos. *(Haciendo memoria.)* Los tres nogales del molino, toda una viña y una planta que se llama Júpiter, que da flores encarnadas, y se secó.

Pausa.

NOVIO, *por la Novia.*

Debe estar vistiéndose.

Entra el Padre de la Novia. Es anciano, con el cabello blanco, reluciente. Lleva la cabeza inclinada. La Madre y el Novio se levantan y se dan las manos en silencio.

PADRE

¿Mucho tiempo de viaje?

MADRE

Cuatro horas.

Se sientan.

PADRE

Habéis venido por el camino más largo.

MADRE

Yo estoy ya vieja para andar por las terreras del río.

MÈRE

Il en aurait cherché. Les trois ans qu'il a été marié avec moi, il a planté dix cerisiers... (*Cherchant à se souvenir.*) Les trois noyers du moulin, toute une vigne et une plante qu'on appelle Jupiter, qui donne des fleurs rouges, mais elle a séché.

Silence.

FIANCÉ, *parlant de la Fiancée.*

Elle doit être en train de s'habiller.

Entre le Père de la Fiancée. C'est un vieil homme aux cheveux blancs et lustrés. Il a la tête penchée. La Mère et le Fiancé se lèvent ; ils se serrent la main en silence.

PÈRE

Vous avez mis combien pour venir ?

MÈRE

Quatre heures.

Ils s'asseyent.

PÈRE

Vous avez pris le chemin le plus long.

MÈRE

Je suis trop vieille pour suivre les sentiers escarpés du ruisseau.

NOVIO

Se marea.

Pausa.

PADRE

Buena cosecha de esparto.

NOVIO

Buena de verdad.

PADRE

En mi tiempo, ni esparto daba esta tierra. Ha sido necesario castigarla y hasta llorarla, para que nos dé algo provechoso.

MADRE

Pero ahora da. No te quejes. Yo no vengo a pedirte nada.

PADRE, *sonriendo.*

Tú eres más rica que yo. Las viñas valen un capital. Cada pámpano una moneda de plata. Lo que siento es que las tierras..., ¿entiendes?..., estén separadas. A mí me gusta todo junto. Una espina tengo en el corazón, y es la huertecilla esa metida entre mis tierras, que no me quieren vender por todo el oro del mundo.

NOVIO

Eso pasa siempre.

FIANCÉ

Ça lui tourne la tête.

Silence.

PÈRE

La récolte d'alfa[1] a été bonne.

FIANCÉ

Vraiment bonne.

PÈRE

De mon temps, cette terre ne donnait même pas d'alfa. Il a fallu suer sang et eau pour qu'elle produise quelque chose.

MÈRE

Mais maintenant elle produit. Ne te plains pas, je ne vais rien te demander.

PÈRE, *souriant.*

Toi, tu es plus riche que moi. Tes vignes rapportent beaucoup. Chaque pampre vaut une pièce d'argent. Ce que je regrette c'est que nos terres… tu comprends ?… soient séparées. Moi j'aime que tout soit ensemble. J'ai une épine au fond du cœur, et c'est ce petit verger coincé entre mes terres, qu'on ne veut pas me vendre pour tout l'or du monde.

FIANCÉ

C'est toujours comme ça.

PADRE

Si pudiéramos con veinte pares de bueyes traer tus viñas aquí y ponerlas en la ladera. ¡Qué alegría!...

MADRE

¿Para qué?

PADRE

Lo mío es de ella y lo tuyo de él. Por eso. Para verlo todo junto, ¡que junto es una hermosura!

NOVIO

Y sería menos trabajo.

MADRE

Cuando yo me muera, vendéis aquello y compráis aquí al lado.

PADRE

Vender, ¡vender! ¡Bah!; comprar, hija, comprarlo todo. Si yo hubiera tenido hijos hubiera comprado todo este monte hasta la parte del arroyo. Porque no es buena tierra; pero con brazos se la hace buena, y como no pasa gente no te roban los frutos y puedes dormir tranquilo.

Pausa.

MADRE

Tú sabes a lo que vengo.

PÈRE

Si on pouvait avec vingt paires de bœufs amener tes vignes ici et les planter sur ces coteaux, quelle joie !…

MÈRE

Pourquoi ?

PÈRE

Pourquoi ? Mais parce que ce qui est à moi est à elle et ce qui est à toi est à lui. Voilà pourquoi. Pour que tout soit ensemble, quel beau spectacle !

FIANCÉ

Et ça donnerait moins de travail.

MÈRE

Quand je serai morte, vous n'avez qu'à vendre là-bas et acheter ici à côté.

PÈRE

Vendre, vendre ! Bah ! Acheter, plutôt, acheter toute la terre. Si j'avais eu des fils, moi, j'aurais acheté toute la montagne jusqu'au ruisseau. Ce n'est pas de la bonne terre, mais avec des bras on peut la rendre bonne, et comme il n'y a personne à passer par là, on ne vous vole pas les fruits et l'on peut dormir tranquille.

Silence.

MÈRE

Tu sais ce qui m'amène.

PADRE

Sí.

MADRE

¿Y qué?

PADRE

Me parece bien. Ellos lo han hablado.

MADRE

Mi hijo tiene y puede.

PADRE

Mi hija también.

MADRE

Mi hijo es hermoso. No ha conocido mujer. La honra más limpia que una sábana puesta al sol.

PADRE

Qué te digo de la mía. Hace las migas a las tres, cuando el lucero. No habla nunca; suave como la lana, borda toda clase de bordados y puede cortar una maroma con los dientes.

MADRE

Dios bendiga su casa.

PADRE

Que Dios la bendiga.

Aparece la Criada con dos bandejas. Una con copas y la otra con dulces.

PÈRE

Bien sûr.

MÈRE

Et alors ?

PÈRE

Pour moi c'est parfait. Puisqu'ils sont d'accord.

MÈRE

Mon fils a du bien et des moyens.

PÈRE

Ma fille aussi.

MÈRE

Mon fils est beau. Il n'a pas connu de femme. L'honneur plus blanc qu'un drap mis au soleil.

PÈRE

Et la mienne, donc ! Elle pétrit son pain dès trois heures du matin, avec l'étoile du berger. Elle ne parle jamais, douce comme la laine, elle fait toutes sortes de broderies et elle est capable de couper une corde avec ses dents[1].

MÈRE

Dieu bénisse ta maison !

PÈRE

Que Dieu la bénisse !

La Servante apparaît portant deux plateaux. L'un avec des verres, l'autre avec des gâteaux.

MADRE, *al Hijo.*

¿Cuándo queréis la boda?

NOVIO

El jueves próximo.

PADRE

Día en que ella cumple veintidós años justos.

MADRE

¡Veintidós años! Esa edad tendría mi hijo mayor si viviera. Que viviría caliente y macho como era, si los hombres no hubieran inventado las navajas.

PADRE

En eso no hay que pensar.

MADRE

Cada minuto. Métete la mano en el pecho.

PADRE

Entonces el jueves. ¿No es así?

NOVIO

Así es.

PADRE

Los novios y nosotros iremos en coche hasta la iglesia, que está muy lejos, y el acompañamiento en los carros y en las caballerías que traigan.

MÈRE, *au fils.*

Pour quand vous voulez la noce ?

FIANCÉ

Jeudi prochain.

PÈRE

Juste le jour de ses vingt-deux ans.

MÈRE

Vingt-deux ans ! C'est l'âge qu'aurait mon fils aîné s'il avait vécu. Et il vivrait, chaud et viril, si les hommes n'avaient pas inventé les couteaux.

PÈRE

Il ne faut pas penser à ça.

MÈRE

J'y pense à chaque instant, mets-toi à ma place.

PÈRE

Jeudi donc, c'est dit ?

FIANCÉ

On est d'accord.

PÈRE

Les fiancés et nous, on ira en voiture jusqu'à l'église, qui est très loin, et les invités prendront leurs charrettes et les chevaux qui les auront amenés.

MADRE

Conformes.

Pasa la Criada.

PADRE

Dile que ya puede entrar. *(A la Madre.)* Celebraré mucho que te guste.

Aparece la Novia. Trae las manos caídas en actitud modesta y la cabeza baja.

MADRE

Acércate. ¿Estás contenta?

NOVIA

Sí, señora.

PADRE

No debes estar seria. Al fin y al cabo ella va a ser tu madre.

NOVIA

Estoy contenta. Cuando he dado el sí es porque quiero darlo.

MADRE

Naturalmente. *(Le coge la barbilla.)* Mírame.

PADRE

Se parece en todo a mi mujer.

MÈRE

On est d'accord.

La Servante passe.

PÈRE

Dis-lui qu'elle peut venir maintenant. (*À la Mère.*) J'aimerais beaucoup qu'elle te plaise.

La Fiancée entre. La tête baissée et les mains le long du corps, dans une attitude modeste.

MÈRE

Approche. Es-tu contente ?

FIANCÉE

Oui, madame.

PÈRE

Ne sois pas si réservée. Après tout, elle va être ta mère.

FIANCÉE

Je suis contente. Si j'ai dit oui c'est que je voulais dire oui.

MÈRE

Naturellement. (*Elle lui prend le menton.*) Regarde-moi.

PÈRE

C'est tout le portrait de ma femme.

MADRE

¿Sí? ¡Qué hermoso mirar! ¿Tú sabes lo que es casarse, criatura?

NOVIA, *seria.*

Lo sé.

MADRE

Un hombre, unos hijos y una pared de dos varas de ancho para todo lo demás.

NOVIO

¿Es que hace falta otra cosa?

MADRE

No. Que vivan todos, ¡eso! ¡Que vivan!

NOVIA

Yo sabré cumplir.

MADRE

Aquí tienes unos regalos.

NOVIA

Gracias.

PADRE

¿No tomamos algo?

MADRE

Yo no quiero. *(Al Novio.)* ¿Y tú?

MÈRE

Ah oui ? Quel beau regard ! Tu sais ce que ça signifie de se marier, petite ?

FIANCÉE, *grave.*

Je le sais.

MÈRE

Un homme, des enfants et pour le reste un mur de deux mètres d'épaisseur[1].

FIANCÉ

Est-ce qu'on a besoin d'autre chose ?

MÈRE

Non. Qu'ils vivent tous, voilà ! Qu'ils vivent !

FIANCÉE

Je ferai mon devoir.

MÈRE

Voici quelques cadeaux.

FIANCÉE

Merci.

PÈRE

Vous prendrez bien quelque chose ?

MÈRE

Je ne veux rien. (*Au Fiancé.*) Et toi ?

NOVIO

Tomaré.

Toma un dulce. La Novia toma otro.

PADRE, *al Novio.*

¿Vino?

MADRE

No lo prueba.

PADRE

¡Mejor!

Pausa. Todos están de pie.

NOVIO, *a la Novia.*

Mañana vendré.

NOVIA

¿A qué hora?

NOVIO

A las cinco.

NOVIA

Yo te espero.

NOVIO

Cuando me voy de tu lado siento un despego grande y así como un nudo en la garganta.

FIANCÉ

Moi je veux bien.

Il prend un gâteau. La Fiancée en prend un autre.

PÈRE, *au Fiancé.*

Du vin ?

MÈRE

Il n'en boit jamais[1].

PÈRE

Tant mieux !

Silence. Ils sont tous debout.

FIANCÉ, *à la Fiancée.*

Je viendrai demain.

FIANCÉE

À quelle heure ?

FIANCÉ

À cinq heures.

FIANCÉE

Je t'attendrai.

FIANCÉ

Quand je te quitte je sens un grand arrachement et comme un nœud dans la gorge[2].

NOVIA

Cuando seas mi marido ya no lo tendrás.

NOVIO

Eso digo yo.

MADRE

Vamos. El sol no espera. *(Al Padre.)* ¿Conformes en todo?

PADRE

Conformes.

MADRE, *a la Criada.*

Adiós, mujer.

CRIADA

Vayan ustedes con Dios.

La Madre besa a la Novia y van saliendo en silencio.

MADRE, *en la puerta.*

Adiós, hija.

La Novia contesta con la mano.

PADRE

Yo salgo con vosotros.

Salen.

FIANCÉE

Quand tu seras mon mari, tu ne le sentiras plus.

FIANCÉ

C'est ce que je me dis.

MÈRE

Allons-y. Le soleil n'attend pas. (*Au Père.*) On est d'accord sur tout ?

PÈRE

Tout à fait d'accord.

MÈRE, à *la Servante.*

Adieu, ma chère.

SERVANTE

Dieu vous garde.

La Mère embrasse la Fiancée. Mère et Fiancé sortent en silence.

MÈRE, à *la porte.*

Adieu[1], ma fille.

La Fiancée répond d'un geste de la main.

PÈRE

Je sors avec vous.

Ils sortent.

CRIADA

Que reviento por ver los regalos.

NOVIA, *agria.*

Quita.

CRIADA

¡Ay, niña, enséñamelos!

NOVIA

No quiero.

CRIADA

Siquiera las medias. Dicen que son todas caladas. ¡Mujer!

NOVIA

¡Ea, que no!

CRIADA

Por Dios. Está bien. Parece como si no tuvieras ganas de casarte.

NOVIA, *mordiéndose la mano con rabia.*

¡Ay!

CRIADA

Niña, hija, ¿qué te pasa? ¿Sientes dejar tu vida de reina? No pienses en cosas agrias. ¿Tienes motivo? Ninguno. Vamos a ver los regalos.

SERVANTE

Je crève d'envie de voir les cadeaux.

FIANCÉE, *revêche.*

Bas les pattes !

SERVANTE

Allons, petite, montre-les-moi !

FIANCÉE

Pas question.

SERVANTE

Au moins les bas. Il paraît qu'ils sont tout brodés. Allons !

FIANCÉE

Non, j'ai dit non !

SERVANTE

C'est bon, mon Dieu. On dirait que tu n'as pas envie de te marier.

FIANCÉE, *se mordant rageusement la main.*

Ah, laisse tomber !

SERVANTE

Ma petite, ma fille, qu'est-ce qui t'arrive ? Ça te fait peine de renoncer à ta vie de reine ? Ne sois pas aigrie. Tu as des raisons de l'être ? Aucune. Voyons voir tes cadeaux.

Coge la caja.

NOVIA, *cogiéndola de las muñecas.*

Suelta.

CRIADA

¡Ay, mujer!

NOVIA

Suelta he dicho.

CRIADA

Tienes más fuerza que un hombre.

NOVIA

¿No he hecho yo trabajos de hombre? ¡Ojalá fuera!

CRIADA

¡No hables así!

NOVIA

Calla he dicho. Hablemos de otro asunto.

La luz va desapareciendo de la escena. Pausa larga.

CRIADA

¿Sentiste anoche un caballo?

NOVIA

¿A qué hora?

Elle saisit la boîte.

FIANCÉE, *la saisissant aux poignets.*

Lâche ça.

SERVANTE

Ah, bon Dieu !

FIANCÉE

Lâche ça, je t'ai dit.

SERVANTE

Tu as plus de force qu'un homme[1].

FIANCÉE

Est-ce que je n'ai pas travaillé comme un homme ? J'aurais aimé être un garçon.

SERVANTE

Ne parle pas comme ça.

FIANCÉE

Tais-toi, j'ai dit. Parlons d'autre chose.

La lumière disparaît de la scène. Long silence.

SERVANTE

Tu as entendu cette nuit un cheval ?

FIANCÉE

À quelle heure ?

CRIADA

A las tres.

NOVIA

Sería un caballo suelto de la manada.

CRIADA

No. Llevaba jinete.

NOVIA

¿Por qué lo sabes?

CRIADA

Porque lo vi. Estuvo parado en tu ventana. Me chocó mucho.

NOVIA

¿No sería mi novio? Algunas veces ha pasado a esas horas.

CRIADA

No.

NOVIA

¿Tú le viste?

CRIADA

Sí.

NOVIA

¿Quién era?

SERVANTE

À trois heures.

FIANCÉE

Sans doute un cheval échappé du troupeau.

SERVANTE

Non. Il y avait un cavalier dessus.

FIANCÉE

Comment le sais-tu ?

SERVANTE

Parce que je l'ai vu. Il s'est arrêté à ta fenêtre. Ça m'a beaucoup choquée.

FIANCÉE

Est-ce que ce n'était pas mon fiancé ? Il est parfois passé à ces heures.

SERVANTE

Non.

FIANCÉE

Tu l'as vu ?

SERVANTE

Oui.

FIANCÉE

Qui était-ce ?

CRIADA

Era Leonardo.

NOVIA, *fuerte.*

¡Mentira! ¡Mentira! ¿A qué viene aquí?

CRIADA

Vino.

NOVIA

¡Cállate! ¡Maldita sea tu lengua!

Se siente el ruido de un caballo.

CRIADA, *en la ventana.*

Mira, asómate. ¿Era?

NOVIA

¡Era!

TELÓN RÁPIDO

SERVANTE

C'était Leonardo.

FIANCÉE, *criant.*

Menteuse ! Menteuse ! Que viendrait-il faire ici ?

SERVANTE

Il est venu.

FIANCÉE

Tais-toi ! Langue de vipère !

On entend le bruit d'un cheval.

SERVANTE, *à la fenêtre.*

Regarde, penche-toi. C'était lui ?

FIANCÉE

Oui, c'était lui !

RIDEAU RAPIDE.

ACTO SEGUNDO

CUADRO PRIMERO

Zaguán de casa de la Novia. Portón al fondo. Es de noche. La Novia sale con enaguas blancas encañonadas, llenas de encajes y puntas bordadas, y un corpiño blanco, con los brazos al aire. La Criada, lo mismo.

CRIADA

Aquí te acabaré de peinar.

NOVIA

No se puede estar ahí dentro, del calor.

CRIADA

En estas tierras no refresca ni al amanecer.

Se sienta la Novia en una silla baja y se mira en un espejito de mano. La Criada la peina.

DEUXIÈME ACTE

PREMIER TABLEAU

Vestibule de la maison de la Fiancée. Porte d'entrée au fond. Il fait nuit. La Fiancée sort en jupon blanc amidonné, tout en dentelles et en broderies, un bustier blanc, les bras nus. La Servante vêtue de même.

SERVANTE

Je vais finir de te coiffer ici.

FIANCÉE

Dedans c'est intenable, quelle chaleur[1] !

SERVANTE

Pas un souffle de fraîcheur sur ces terres, même au petit matin.

La Fiancée s'assied sur une chaise basse et se regarde dans un petit miroir à main. La Servante la coiffe.

NOVIA

Mi madre era de un sitio donde había muchos árboles. De tierra rica.

CRIADA

¡Así era ella de alegre!

NOVIA

Pero se consumió aquí.

CRIADA

El sino.

NOVIA

Como nos consumimos todas. Echan fuego las paredes. ¡Ay!, no tires demasiado.

CRIADA

Es para arreglarte mejor esta onda. Quiero que te caiga sobre la frente.

La Novia se mira en el espejo.

¡Qué hermosa estás! ¡Ay!

La besa apasionadamente.

NOVIA, *seria.*

Sigue peinándome.

CRIADA, *peinándola.*

¡Dichosa tú que vas a abrazar a un hombre, que lo vas a besar, que vas a sentir su peso!

FIANCÉE

Ma mère était d'un endroit où il y avait beaucoup d'arbres. Une terre riche.

SERVANTE

Voilà pourquoi elle était si gaie !

FIANCÉE

Mais ici elle s'est pourri la vie.

SERVANTE

Le destin.

FIANCÉE

Comme nous, nous pourrissons sur pied, toutes. Les murs crachent le feu. Ouille ! ne tire pas trop fort.

SERVANTE

C'est pour mieux te peigner cette mèche. Je vais te faire un toupet.

La Fiancée se regarde dans son miroir.

Que tu es belle, ah là là !

Elle l'embrasse passionnément.

FIANCÉE, *sérieuse.*

Finis de me coiffer.

SERVANTE, *la coiffant.*

Tu vas serrer un homme dans tes bras, la chance que tu as ! Tu vas l'embrasser, tu vas sentir son poids !

NOVIA

Calla.

CRIADA

Y lo mejor es cuando te despiertes y lo sientas al lado y que él te roza los hombros con su aliento, como con una plumilla de ruiseñor.

NOVIA, *fuerte.*

¿Te quieres callar?

CRIADA

¡Pero, niña! Una boda, ¿qué es? Una boda es esto y nada más. ¿Son los dulces? ¿Son los ramos de flores? No. Es una cama relumbrante y un hombre y una mujer.

NOVIA

No se debe decir.

CRIADA

Eso es otra cosa. ¡Pero es bien alegre!

NOVIA

O bien amargo.

CRIADA

El azahar te lo voy a poner desde aquí hasta aquí, de modo que la corona luzca sobre el peinado.

Le prueba un ramo de azahar.

FIANCÉE

Tais-toi.

SERVANTE

Et le meilleur c'est le réveil, quand tu le sens contre toi et que son souffle effleure tes épaules, comme une petite plume de rossignol.

FIANCÉE, *criant.*

Veux-tu te taire ?

SERVANTE

Mais enfin, c'est quoi une noce ? Se marier c'est ça, rien d'autre. Les gâteaux ? Les bouquets de fleurs ? Non. C'est un lit resplendissant et dedans un homme et une femme[1].

FIANCÉE

Il ne faut pas le dire.

SERVANTE

Bon, d'accord, mais qu'est-ce que c'est agréable !

FIANCÉE

Ou bien amer.

SERVANTE

La fleur d'oranger[2] je vais la placer sur le côté, pour qu'elle ressorte mieux sur ta coiffure.

Elle lui essaie un bouquet de fleurs d'oranger.

NOVIA. *Se mira en el espejo.*

Trae.

Coge el azahar y lo mira y deja caer la cabeza abatida.

CRIADA

¿Qué es esto?

NOVIA

Déjame.

CRIADA

No son horas de ponerse triste. *(Animosa.)* Trae el azahar.

La Novia tira el azahar.

¡Niña! ¿Qué castigo pides tirando al suelo la corona? ¡Levanta esa frente! ¿Es que no te quieres casar? Dilo. Todavía te puedes arrepentir.

Se levanta.

NOVIA

Son nublos. Un mal aire en el centro, ¿quién no lo tiene?

CRIADA

Tú quieres a tu novio.

NOVIA

Lo quiero.

FIANCÉE. *Elle se regarde dans le miroir.*

Donne.

Elle prend les fleurs d'oranger, les regarde et laisse tomber sa tête, abattue.

SERVANTE

Qu'est-ce qui se passe ?

FIANCÉE

Laisse-moi.

SERVANTE

Ce n'est pas le moment d'être triste. (*Avec entrain.*) Donne-moi ces fleurs d'oranger.

La Fiancée jette au sol les fleurs d'oranger.

Ma petite ! Tu veux te punir en jetant par terre ta couronne ? Lève-moi cette tête ! Tu ne veux plus te marier, c'est ça ? Tu peux encore faire marche arrière.

Elle se lève.

FIANCÉE

De gros nuages noirs et un vent mauvais, voilà ce que je sens. Ça t'étonne ?

SERVANTE

Tu aimes ton fiancé, dis-moi ?

FIANCÉE

Oui, je l'aime.

CRIADA

Sí, sí, estoy segura.

NOVIA

Pero este es un paso muy grande.

CRIADA

Hay que darlo.

NOVIA

Ya me he comprometido.

CRIADA

Te voy a poner la corona.

NOVIA. *Se sienta.*

Date prisa, que ya deben ir llegando.

CRIADA

Ya llevarán lo menos dos horas de camino.

NOVIA

¿Cuánto hay de aquí a la iglesia?

CRIADA

Cinco leguas por el arroyo, que por el camino hay el doble.

La Novia se levanta y la Criada se entusiasma al verla.

Despierte la novia
la mañana de la boda.

SERVANTE

Bon, bon, je le savais.

FIANCÉE

Mais c'est un grand pas.

SERVANTE

Il faut le franchir.

FIANCÉE

Je me suis engagée.

SERVANTE

Je vais t'accrocher ta fleur d'oranger[1].

FIANCÉE, *elle s'assied.*

Dépêche-toi, ils doivent déjà arriver.

SERVANTE

Ils sont sûrement en route depuis au moins deux heures.

FIANCÉE

Combien y a-t-il d'ici à l'église ?

SERVANTE

Cinq lieues par le ruisseau, le double par le chemin.

La Fiancée se lève et la Servante est toute joyeuse de la voir.

Éveille-toi, la fiancée,
au matin de tes noces !

¡Que los ríos del mundo
lleven tu corona!

NOVIA, *sonriente.*

Vamos.

CRIADA. *La besa entusiasmada y baila alrededor.*

Que despierte
con el ramo verde
del laurel florido.
¡Que despierte
por el tronco y la rama
de los laureles!

Se oyen unos aldabonazos.

NOVIA

¡Abre! Deben ser los primeros convidados.

Entra.
La Criada abre sorprendida.

CRIADA

¿Tú?

LEONARDO

Yo. Buenos días.

CRIADA

¡El primero!

Que les fleuves du monde
viennent te couronner[1] !

FIANCÉE, *souriante.*

Allons-y.

SERVANTE, *elle l'embrasse, toute joyeuse, et danse autour d'elle.*

Éveille-toi, la fiancée,
avec le vert bouquet
du laurier en fleur.
Éveille-toi, la fiancée,
par le tronc et la branche
des lauriers !

On entend frapper à la porte d'entrée.

FIANCÉE

Ouvre ! Ce doivent être les premiers invités.

Elle rentre.

La Servante ouvre la porte, surprise.

SERVANTE

C'est toi ?

LEONARDO

C'est moi. Bonjour.

SERVANTE

Tu es le premier !

LEONARDO

¿No me han convidado?

CRIADA

Sí.

LEONARDO

Por eso vengo.

CRIADA

¿Y tu mujer?

LEONARDO

Yo vine a caballo. Ella se acerca por el camino.

CRIADA

¿No te has encontrado a nadie?

LEONARDO

Los pasé con el caballo.

CRIADA

Vas a matar al animal con tanta carrera.

LEONARDO

¡Cuando se muera, muerto está!

Pausa.

CRIADA

Siéntate. Todavía no se ha levantado nadie.

LEONARDO

Ne m'a-t-on pas invité ?

SERVANTE

En effet.

LEONARDO

Eh bien, me voilà.

SERVANTE

Et ta femme ?

LEONARDO

Je suis venu à cheval. Elle arrive par le chemin.

SERVANTE

Tu n'as rencontré personne ?

LEONARDO

Je les ai tous dépassés avec le cheval.

SERVANTE

Tu vas crever ta bête à tant courir.

LEONARDO

Quand elle mourra, elle sera morte !

Silence.

SERVANTE

Assieds-toi. Personne n'est encore levé.

LEONARDO

¿Y la novia?

CRIADA

Ahora mismo la voy a vestir.

LEONARDO

¡La novia! ¡Estará contenta!

CRIADA, *variando de conversación.*

¿Y el niño?

LEONARDO

¿Cuál?

CRIADA

Tu hijo.

LEONARDO, *recordando como soñoliento.*

¡Ah!

CRIADA

¿Lo traen?

LEONARDO

No.

Pausa. Voces cantando muy lejos.

VOCES

¡Despierte la novia
la mañana de la boda!

LEONARDO

Et la fiancée ?

SERVANTE

Je dois l'habiller tout de suite.

LEONARDO

La fiancée ! Elle doit être contente !

SERVANTE, *détournant la conversation.*

Et l'enfant ?

LEONARDO

Quel enfant ?

SERVANTE

Ton fils.

LEONARDO, *se souvenant, comme endormi.*

Ah oui !

SERVANTE

Vous l'amenez ?

LEONARDO

Non.

Silence. Des Voix chantant au loin.

VOIX

Éveille-toi, la fiancée,
au matin de tes noces !

LEONARDO

Despierte la novia
la mañana de la boda.

CRIADA

Es la gente. Vienen lejos todavía.

LEONARDO, *levantándose.*

La novia llevará una corona grande, ¿no? No debía ser tan grande. Un poco más pequeña le sentaría mejor. ¿Y trajo ya el novio el azahar que se tiene que poner en el pecho?

NOVIA, *apareciendo todavía en enaguas y con la corona de azahar puesta.*

Lo trajo.

CRIADA, *fuerte.*

No salgas así.

NOVIA

¿Qué más da? *(Seria.)* ¿Por qué preguntas si trajeron el azahar? ¿Llevas intención?

LEONARDO

Ninguna. ¿Qué intención iba a tener? *(Acercándose.)* Tú, que me conoces, sabes que no la llevo. Dímelo. ¿Quién he sido yo para ti? Abre y refresca tu recuerdo. Pero dos bueyes y una mala choza son casi nada. Esa es la espina.

LEONARDO

Éveille-toi, la fiancée,
au matin de tes noces !

SERVANTE

Voilà nos invités. Ils sont encore loin.

LEONARDO, *se levant.*

La fiancée portera une grande couronne, hein ? Elle ne devrait pas être si grande. Une plus petite lui conviendrait. Et le fiancé, lui a-t-il apporté la fleur d'oranger qu'elle doit mettre à son corsage ?

FIANCÉE, *apparaissant encore en jupon,*
avec sur la tête la couronne de fleurs d'oranger.

Il me l'a apportée.

SERVANTE, *criant.*

Ne sors pas comme ça.

FIANCÉE

Qu'est-ce que ça peut faire ? (*Sérieuse.*) Pourquoi demandes-tu si l'on m'a apporté ma fleur d'oranger ? Tu as une idée derrière la tête ?

LEONARDO

Aucune. Quelle idée ? (*S'approchant.*) Toi qui me connais, tu sais bien que je n'ai aucune idée derrière la tête. Dis-moi un peu : qu'est-ce que j'ai été pour toi ? Essaie de te rappeler. C'est vrai qu'une paire de bœufs et une méchante cabane c'est presque rien, voilà la vérité[1].

NOVIA

¿A qué vienes?

LEONARDO

A ver tu casamiento.

NOVIA

¡También yo vi el tuyo!

LEONARDO

Amarrado por ti, hecho con tus dos manos. A mí me pueden matar, pero no me pueden escupir. Y la plata, que brilla tanto, escupe algunas veces.

NOVIA

¡Mentira!

LEONARDO

No quiero hablar, porque soy hombre de sangre, y no quiero que todos estos cerros oigan mis voces.

NOVIA

Las mías serían más fuertes.

CRIADA

Estas palabras no pueden seguir. Tú no tienes que hablar de lo pasado.

La Criada mira a las puertas presa de inquietud.

FIANCÉE

Pourquoi es-tu là ?

LEONARDO

Je viens à ton mariage.

FIANCÉE

Moi aussi je suis venue au tien !

LEONARDO

Tu avais tout combiné, ficelé de tes propres mains. Moi on peut me tuer, mais pas me cracher au visage. Et l'argent a beau briller, ce n'est parfois qu'un crachat.

FIANCÉE

Tu mens !

LEONARDO

Laisse ma bouche fermée, parce que j'ai le sang chaud et je ne veux pas que toute la montagne entende mes cris.

FIANCÉE

Mes cris à moi seront plus forts.

SERVANTE

Vous ne pouvez pas continuer. Et toi tu n'as pas à remuer le passé.

La Servante regarde, inquiète, en direction des portes.

NOVIA

Tienes razón. Yo no debo hablarte siquiera. Pero se me calienta el alma de que vengas a verme y atisbar mi boda y preguntes con intención por el azahar. Vete y espera a tu mujer en la puerta.

LEONARDO

¿Es que tú y yo no podemos hablar?

CRIADA, *con rabia.*

No; no podéis hablar.

LEONARDO

Después de mi casamiento he pensado noche y día de quién era la culpa, y cada vez que pienso sale una culpa nueva que se come a la otra; pero ¡siempre hay culpa!

NOVIA

Un hombre con su caballo sabe mucho y puede mucho para poder estrujar a una muchacha metida en un desierto. Pero yo tengo orgullo. Por eso me caso. Y me encerraré con mi marido, a quien tengo que querer por encima de todo.

LEONARDO

El orgullo no te servirá de nada.

Se acerca.

NOVIA

¡No te acerques!

FIANCÉE

Elle a raison. Je ne dois même pas te parler. Mais mon esprit s'échauffe quand tu viens me voir, épier mon mariage et te moquer de ma fleur d'oranger. Va-t'en, va attendre ta femme à la porte.

LEONARDO

Ça veut dire que toi et moi on ne peut plus parler ?

SERVANTE, *rageusement.*

Non, vous ne pouvez plus parler.

LEONARDO

Après mon mariage, je me suis demandé jour et nuit de qui était-ce la faute. Et chaque fois que j'y pense surgit une faute nouvelle qui efface l'autre ; mais toujours il y a faute !

FIANCÉE

Un homme avec son cheval sait beaucoup et peut beaucoup pour accabler une fille perdue au désert. Mais moi je suis fière. C'est pour ça que je me marie. Et je m'enfermerai avec mon mari, que je dois aimer par-dessus tout.

LEONARDO

Ton orgueil ne te servira à rien.

Il s'approche.

FIANCÉE

Ne t'approche pas !

LEONARDO

Callar y quemarse es el castigo más grande que nos podemos echar encima. ¿De qué me sirvió a mí el orgullo y el no mirarte y el dejarte despierta noches y noches? ¡De nada! ¡Sirvió para echarme fuego encima! Porque tú crees que el tiempo cura y que las paredes tapan, y no es verdad, no es verdad. ¡Cuando las cosas llegan a los centros, no hay quien las arranque!

NOVIA, *temblando.*

No puedo oírte. No puedo oír tu voz. Es como si me bebiera una botella de anís y me durmiera en una colcha de rosas. Y me arrastra y sé que me ahogo, pero voy detrás.

CRIADA, *cogiendo a Leonardo por las solapas.*

¡Debes irte ahora mismo!

LEONARDO

Es la última vez que voy a hablar con ella. No temas nada.

NOVIA

Y sé que estoy loca y sé que tengo el pecho podrido de aguantar, y aquí estoy quieta por oírlo, por verlo menear los brazos.

LEONARDO

Se taire et brûler au-dedans est le plus grand châtiment qu'on puisse s'infliger. À quoi ça sert l'orgueil, à quoi ça m'a servi de ne pas te regarder, de me morfondre en pensant à toi nuit après nuit ? À rien ! Je n'ai fait que mettre le feu à ma tête ! Toi, tu crois que le temps guérit tout et que les murs protègent, eh bien ce n'est pas vrai, ce n'est pas vrai ! Quand les choses pénètrent jusqu'à la racine plus personne n'est capable de les arracher !

FIANCÉE, *tremblante.*

Je ne peux pas t'écouter. Je ne peux pas entendre ta voix. C'est comme si je buvais de l'anis, de l'alcool, et m'endormais sur un lit de roses. Et je me trouve entraînée, et je sais que je me noie, mais je cours après ta voix.

SERVANTE, *saisissant Leonardo par les revers de sa veste.*

Tu dois déguerpir sur-le-champ !

LEONARDO

C'est la dernière fois que je parle avec elle. Ne crains rien.

FIANCÉE

Je sais que je suis folle et que mon cœur pourrit sur pied à tant supporter, et me voilà tranquillement à l'entendre, à le voir gesticuler.

LEONARDO

No me quedo tranquilo si no te digo estas cosas. Yo me casé. Cásate tú ahora.

CRIADA, *a Leonardo.*

¡Y se casa!

VOCES, *cantando más cerca.*

Despierte la novia
la mañana de la boda.

NOVIA

¡Despierte la novia!

Sale corriendo a su cuarto.

CRIADA

Ya está aquí la gente. *(A Leonardo.)* No te vuelvas a acercar a ella.

LEONARDO

Descuida.

Sale por la izquierda.
Empieza a clarear el día.

MUCHACHA 1ª, *entrando.*

Despierte la novia
la mañana de la boda;
ruede la ronda
y en cada balcón una corona.

LEONARDO

Je ne suis pas tranquille, moi, si je ne te dis pas ces choses. Je me suis marié. À toi maintenant de le faire.

SERVANTE, *à Leonardo.*

Oui, elle se marie !

VOIX, *chantant plus près.*

Éveille-toi, la fiancée,
au matin de tes noces !

FIANCÉE

Éveille-toi, la fiancée !

Elle part en courant vers sa chambre.

SERVANTE

Les invités sont là. (*À Leonardo.*) Ne t'approche plus d'elle.

LEONARDO

Sois sans crainte.

Il sort sur la gauche.
Le jour commence à se lever.

JEUNE FILLE 1, *entrant.*

Éveille-toi, la fiancée,
au matin de tes noces ;
que se forme la ronde
et à chaque balcon une couronne.

VOCES

¡Despierte la novia!

CRIADA, *moviendo algazara.*

Que despierte
con el ramo verde
del amor florido.
¡Que despierte
por el tronco y la rama
de los laureles!

MUCHACHA 2ª, *entrando.*

Que despierte
con el largo pelo,
camisa de nieve,
botas de charol y plata
y jazmines en la frente.

CRIADA

¡Ay pastora,
que la luna asoma!

MUCHACHA 1ª

¡Ay galán,
deja tu sombrero por el olivar!

MOZO 1º, *entrando con el sombrero en alto.*

Despierte la novia,
que por los campos viene
rondando la boda,
con bandejas de dalias
y panes de gloria.

VOIX

Éveille-toi, la fiancée !

SERVANTE, *menant le mouvement.*

Éveille-toi
avec le vert bouquet
de l'amour en fleur.
Éveille-toi
par le tronc et la branche
des lauriers !

JEUNE FILLE 2, *entrant.*

Éveille-toi
avec tes longs cheveux,
chemise de neige,
souliers vernis, boucles d'argent
et jasmin au front.

SERVANTE

Hélas, bergère,
la lune se lève[1] !

JEUNE FILLE 1

Hélas, berger,
laisse ton chapeau aux oliviers !

GARÇON 1, *entrant en ôtant son chapeau.*

Éveille-toi, la fiancée,
la noce accourt
à travers champs,
les bras lourds de dahlias
et de pains bénits.

VOCES

¡Despierte la novia!

MUCHACHA 2ª

La novia
se ha puesto su blanca corona,
y el novio
se la prende con lazos de oro.

CRIADA

Por el toronjil
la novia no puede dormir.

MUCHACHA 3ª, *entrando.*

Por el naranjel
el novio le ofrece cuchara y mantel.

Entran tres Convidados.

MOZO 1º

¡Despierta, paloma!
El alba despeja
campanas de sombra.

CONVIDADO

La novia, la blanca novia,
hoy doncella,
mañana señora.

MUCHACHA 1ª

Baja, morena,
arrastrando tu cola de seda.

VOIX

Éveille-toi, la fiancée !

JEUNE FILLE 2

La fiancée
a mis sa blanche couronne,
le fiancé
la noue de rubans dorés.

SERVANTE

Dans l'odeur des cédrats[1]
la fiancée ne peut dormir.

JEUNE FILLE 3, *entrant.*

Au milieu des oranges
le fiancé lui offre cuiller et napperon.

Trois Invités entrent.

GARÇON 1

Éveille-toi, colombe !
L'aube dissipe
les cloches de l'ombre.

INVITÉ

La fiancée, la blanche fiancée,
demoiselle aujourd'hui
sera dame demain.

JEUNE FILLE 1

Descends, brunette,
avec ta traîne en soie.

CONVIDADO

Baja, morenita,
que llueve rocío la mañana fría.

MOZO 1º

Despertad, señora, despertad,
porque viene el aire lloviendo azahar.

CRIADA

Un árbol quiero bordarle
lleno de cintas granates
y en cada cinta un amor
con vivas alrededor.

VOCES

Despierte la novia.

MOZO 1º

¡La mañana de la boda!

CONVIDADO

La mañana de la boda
qué galana vas a estar;
pareces, flor de los montes,
la mujer de un capitán.

PADRE, *entrando.*

La mujer de un capitán
se lleva el novio.
¡Ya viene con sus bueyes por el tesoro!

INVITÉ

Descends, brunette,
dans la rosée du matin froid.

GARÇON 1

Éveillez-vous, madame, éveillez-vous,
le ciel pleut des fleurs d'oranger.

SERVANTE

Je veux lui broder un arbre
plein de rubans écarlates,
et sur chaque ruban un amour
avec des vivats autour.

VOIX

Éveille-toi, la fiancée !

GARÇON 1

Au matin de tes noces !

INVITÉ

Au matin de tes noces
comme tu es jolie reine ;
on dirait, fleur des bois,
la femme d'un capitaine.

PÈRE, *entrant.*

La femme d'un capitaine
que le fiancé emmène.
Un trésor transporté par ses bœufs attelés.

MUCHACHA 3ª

El novio
parece la flor del oro.
Cuando camina,
a sus plantas se agrupan las clavelinas.

CRIADA

¡Ay mi niña dichosa!

MOZO 2º

Que despierte la novia.

CRIADA

¡Ay mi galana!

MUCHACHA 1ª

La boda está llamando
por las ventanas.

MUCHACHA 2ª

Que salga la novia.

MUCHACHA 1ª

¡Que salga, que salga!

CRIADA

¡Que toquen y repiquen
las campanas!

MOZO 1º

¡Que viene aquí! ¡Que sale ya!

JEUNE FILLE 3

Le fiancé
est une fleur d'or ;
sous ses pieds
se pressent des œillets.

SERVANTE

Ah, la chance de ma fille[1] !

GARÇON 2

Éveille-toi, la fiancée !

SERVANTE

Ah, la beauté de ma fille !

JEUNE FILLE 1

La noce frappe aux fenêtres.

JEUNE FILLE 2

Que sorte la fiancée !

JEUNE FILLE 1

Qu'elle sorte, qu'elle sorte !

SERVANTE

Que sonnent les cloches
à la volée !

GARÇON 1

Elle arrive ! Elle sort enfin !

CRIADA

¡Como un toro, la boda
levantándose está!

Aparece la Novia. Lleva un traje negro mil novecientos, con caderas y larga cola rodeada de gasas plisadas y encajes duros. Sobre el peinado de visera lleva la corona de azahar. Suenan las guitarras. Las Muchachas besan a la Novia.

MUCHACHA 3ª

¿Qué esencia te echaste en el pelo?

NOVIA, *riendo.*

Ninguna.

MUCHACHA 2ª, *mirando el traje.*

La tela es de lo que no hay.

MOZO 1º

¡Aquí está el novio!

NOVIO

¡Salud!

MUCHACHA 1ª, *poniéndole una flor en la oreja.*

El novio
parece la flor del oro.

SERVANTE

Comme un taureau, la noce
lève la tête[1] !

La Fiancée apparaît. Elle porte une robe noire 1900, cintrée à la taille, avec une longue traîne en tulle plissé et dentelles. Sur sa coiffure de mariage elle porte la couronne de fleurs d'oranger. On entend les guitares. Les Jeunes Filles embrassent la Fiancée.

JEUNE FILLE 3

Quel parfum as-tu mis sur tes cheveux ?

FIANCÉE, *riant.*

Aucun.

JEUNE FILLE 2, *regardant la robe.*

Je n'ai jamais vu un tel tissu.

GARÇON 1

Voilà le fiancé !

FIANCÉ

Salut !

JEUNE FILLE 1, *lui glissant une fleur à l'oreille.*

Le fiancé
est une fleur d'or.

MUCHACHA 2ª

¡Aires de sosiego
le manan los ojos!

El Novio se dirige al lado de la Novia.

NOVIA

¿Por qué te pusiste esos zapatos?

NOVIO

Son más alegres que los negros.

MUJER DE LEONARDO, *entrando y besando a la Novia.*

¡Salud!

Hablan todas con algazara.

LEONARDO, *entrando como quien cumple un deber.*

La mañana de casada
la corona te ponemos.

MUJER

¡Para que el campo se alegre
con el agua de tu pelo!

MADRE, *al Padre.*

¿También están esos aquí?

PADRE

Son familia. ¡Hoy es día de perdones!

JEUNE FILLE 2

Et dans ses yeux,
que du bonheur !

Le Fiancé prend place à côté de la Fiancée.

FIANCÉE

Pourquoi as-tu mis ces chaussures[1] ?

FIANCÉ

C'est plus gai que du noir.

FEMME DE LEONARDO, *entrant et embrassant la Fiancée.*

Félicitations !

Tout le monde parle dans un grand brouhaha.

LEONARDO, *entrant comme quelqu'un qui accomplit un devoir.*

Au matin de tes noces
nous venons te couronner.

FEMME

Pour que l'eau de tes cheveux
réjouisse la campagne !

MÈRE, *au Père.*

Ceux-là aussi sont venus ?

PÈRE

Ils font partie de la famille. Aujourd'hui est jour de pardon !

MADRE

Me aguanto, pero no perdono.

NOVIO

¡Con la corona da alegría mirarte!

NOVIA

¡Vámonos pronto a la iglesia!

NOVIO

¿Tienes prisa?

NOVIA

Sí. Estoy deseando ser tu mujer y quedarme sola contigo, y no oír más voz que la tuya.

NOVIO

¡Eso quiero yo!

NOVIA

Y no ver más que tus ojos. Y que me abrazaras tan fuerte, que aunque me llamara mi madre, que está muerta, no me pudiera despegar de ti.

NOVIO

Yo tengo fuerza en los brazos. Te voy a abrazar cuarenta años seguidos.

NOVIA, *dramática, cogiéndole del brazo.*

¡Siempre!

MÈRE

Je prends sur moi, mais sans rien pardonner.

FIANCÉ

Quelle joie de te voir avec ta couronne !

FIANCÉE

Allons vite à l'église !

FIANCÉ

Tu es pressée ?

FIANCÉE

Oui. J'ai hâte d'être ta femme et de rester seule avec toi, de n'entendre d'autre voix que la tienne[1].

FIANCÉ

C'est ce que je veux !

FIANCÉE

Et ne voir que tes yeux. Puisses-tu me serrer si fort dans tes bras que même si ma pauvre mère m'appelait, je ne pourrais m'arracher à toi.

FIANCÉ

J'ai de la force dans les bras et vais t'embrasser pendant quarante ans d'affilée.

FIANCÉE, *dramatique, lui saisissant le bras.*

Tous les jours de ma vie !

PADRE

¡Vamos pronto! ¡A coger las caballerías y los carros! Que ya ha salido el sol.

MADRE

¡Que llevéis cuidado! No sea que tengamos mala hora.

Se abre el gran portón del fondo. Empiezan a salir.

CRIADA, *llorando.*

Al salir de tu casa,
blanca doncella,
acuérdate que sales
como una estrella...

MUCHACHA 1ª

Limpia de cuerpo y ropa
al salir de tu casa para la boda.

Van saliendo.

MUCHACHA 2ª

¡Ya sales de tu casa
para la iglesia!

CRIADA

¡El aire pone flores
por las arenas!

MUCHACHA 3ª

¡Ay la blanca niña!

PÈRE

Partons vite ! Aux charrettes, aux chevaux ! Le soleil est déjà levé.

MÈRE

Soyez prudents ! Gare au malheur !

Le grand portail du fond s'ouvre. Ils commencent à sortir.

SERVANTE, *pleurant.*

Tu quittes ta maison,
blanche épousée,
souviens-t'en,
comme une étoile filante…

JEUNE FILLE 1

Propre de corps et de robe
en partant pour tes noces.

Elles sortent.

JEUNE FILLE 2

Tu quittes ta maison
pour aller à l'église !

SERVANTE

Le vent lève des fleurs
sur les sables !

JEUNE FILLE 3

Ah, la blanche épousée !

CRIADA

Aire oscuro el encaje
de su mantilla.

Salen. Se oyen guitarras, palillos y panderetas. Quedan solos Leonardo y su Mujer.

MUJER

Vamos.

LEONARDO

¿Adónde?

MUJER

A la iglesia. Pero no vas en el caballo. Vienes conmigo.

LEONARDO

¿En el carro?

MUJER

¿Hay otra cosa?

LEONARDO

Yo no soy hombre para ir en carro.

MUJER

Y yo no soy mujer para ir sin su marido a un casamiento. ¡Que no puedo más!

LEONARDO

¡Ni yo tampoco!

SERVANTE

Sombre est le voile
de sa mantille[1] !

Elles sortent. On entend guitares, castagnettes et tambours. Leonardo et sa Femme restent seuls.

FEMME

Allons-y.

LEONARDO

Où ça ?

FEMME

À l'église. Mais tu n'y vas pas à cheval. Tu viens avec moi.

LEONARDO

Dans la charrette ?

FEMME

Quoi d'autre ?

LEONARDO

Je ne suis pas homme à aller en charrette.

FEMME

Et moi je ne suis pas femme à aller sans son mari à un mariage. Je n'en peux plus !

LEONARDO

Et moi non plus.

MUJER

¿Por qué me miras así? Tienes una espina en cada ojo.

LEONARDO

¡Vamos!

MUJER

No sé lo que pasa. Pero pienso y no quiero pensar. Una cosa sé. Yo ya estoy despachada. Pero tengo un hijo. Y otro que viene. Vamos andando. El mismo sino tuvo mi madre. Pero de aquí no me muevo.

Voces fuera.

VOCES

¡Al salir de tu casa
para la iglesia,
acuérdate que sales
como una estrella!

MUJER, *llorando.*

¡Acuérdate que sales
como una estrella!

Así salí yo de mi casa también. Que me cabía todo el campo en la boca.

LEONARDO, *levantándose.*

Vamos.

FEMME

Pourquoi me regarder comme ça ? Avec une épine dans chaque œil.

LEONARDO

Partons !

FEMME

Je ne sais ce qui se passe. Mais je pense et ne veux pas penser. Je sais une chose. Que tu me rejettes déjà. Mais j'ai un enfant. Et j'en attends un autre. Faisons avec. Ma mère a eu le même destin. Mais je ne pars pas sans toi.

Voix à l'extérieur.

VOIX

Tu quittes ta maison
pour aller à l'église,
souviens-t'en,
comme une étoile filante !

FEMME, *pleurant.*

Souviens-t'en,
comme une étoile filante !

C'est comme ça que je suis sortie aussi. Et toute la campagne emplissait ma bouche.

LEONARDO, *se levant.*

Allons donc.

MUJER

¡Pero contigo!

LEONARDO

Sí. *(Pausa.)* ¡Echa a andar!

Salen.

VOCES

Al salir de tu casa
para la iglesia,
acuérdate que sales
como una estrella.

TELÓN LENTO

CUADRO SEGUNDO

Exterior de la cueva de la Novia. Entonación en blancos grises y azules fríos. Grandes chumberas. Tonos sombríos y plateados. Panorama de mesetas color barquillo, todo endurecido como paisaje de cerámica popular.

CRIADA, *arreglando en una mesa copas y bandejas.*

Giraba,
giraba la rueda
y el agua pasaba,

FEMME

Mais avec moi !

LEONARDO

Bon. (*Silence.*) Avance !

Ils sortent.

VOIX

Tu quittes ta maison
pour aller à l'église,
souviens-t'en,
comme une étoile filante !

RIDEAU LENT.

SECOND TABLEAU

Extérieur de la grotte de la Fiancée. Peinte en blanc, gris et bleu froid. Grands figuiers de Barbarie. Paysage de plateaux ocre, aux tons sombres et argentés. Décor durci comme une céramique populaire.

SERVANTE, *préparant une table avec des verres et des plats.*

Tournait,
tournait la roue[1]
et l'eau coulait.

porque llega la boda,
que se aparten las ramas
y la luna se adorne
por su blanca baranda.

(En voz alta.)

¡Pon los manteles!

(En voz patética.)

Cantaban,
cantaban los novios
y el agua pasaba,
porque llega la boda,
que relumbre la escarcha
y se llenen de miel
las almendras amargas.

(En voz alta.)

¡Prepara el vino!

(En voz poética.)

Galana,
galana de la tierra,
mira cómo el agua pasa.
Porque llega tu boda
recógete las faldas
y bajo el ala del novio
nunca salgas de tu casa.
Porque el novio es un palomo
con todo el pecho de brasa
y espera el campo el rumor
de la sangre derramada.
Giraba,

Voilà la noce :
que s'écartent les branches,
que la lune parade
à son blanc balcon.

(À voix haute.)

Dresse la table !

(D'une voix pathétique.)

Chantaient,
chantaient les fiancés
et l'eau coulait.
Voilà la noce :
qu'étincelle le givre
et s'emplissent de miel
les amandes amères !

(À voix haute.)

Prépare le vin !

(D'une voix poétique.)

Belle.
Belle de la terre,
regarde comme l'eau coule.
Voilà ta noce :
trousse ta robe
et sous l'aile du fiancé jamais plus
ne sors de ta maison.
Car ton fiancé est un pigeon ramier,
dont le jabot est de braise,
les champs attendent la rumeur
du sang répandu[1].
Tournait,

giraba la rueda
y el agua pasaba.
¡Porque llega tu boda,
deja que relumbre el agua!

MADRE, *entrando.*

¡Por fin!

PADRE

¿Somos los primeros?

CRIADA

No. Hace rato llegó Leonardo con su mujer. Corrieron como demonios. La mujer llegó muerta de miedo. Hicieron el camino como si hubieran venido a caballo.

PADRE

Ese busca la desgracia. No tiene buena sangre.

MADRE

¿Qué sangre va a tener? La de toda su familia. Mana de su bisabuelo, que empezó matando, y sigue en toda la mala ralea, manejadores de cuchillos y gente de falsa sonrisa.

PADRE

¡Vamos a dejarlo!

CRIADA

¿Cómo lo va a dejar?

tournait la roue
et l'eau coulait.
Voilà ta noce :
laisse l'eau[1] resplendir !

MÈRE, *entrant.*

Enfin !

PÈRE

Nous sommes les premiers ?

SERVANTE

Non. Il y a un moment Leonardo est arrivé avec sa femme. Ils ont roulé comme des diables. La femme était morte de peur. Ils ont fait la route aussi vite que s'ils étaient venus à cheval.

PÈRE

Cet homme cherche le malheur. Son sang n'est pas bon.

MÈRE

Quel sang peut-il avoir ? Celui de toute sa famille. Ça vient de son arrière-grand-père, qui a commencé à tuer, et toute sa mauvaise race continue, des manieurs de couteau, des gens au sourire faux.

PÈRE

Mieux vaut tourner la page !

SERVANTE

Comment la tourner ?

MADRE

Me duele hasta la punta de las venas. En la frente de todos ellos yo no veo más que la mano con que mataron a lo que era mío. ¿Tú me ves a mí? ¿No te parezco loca? Pues es loca de no haber gritado todo lo que mi pecho necesita. Tengo en mi pecho un grito siempre puesto de pie a quien tengo que castigar y meter entre los mantos. Pero me llevan a los muertos y hay que callar. Luego la gente critica.

Se quita el manto.

PADRE

Hoy no es día de que te acuerdes de esas cosas.

MADRE

Cuando sale la conversación, tengo que hablar. Y hoy más. Porque hoy me quedo sola en mi casa.

PADRE

En espera de estar acompañada.

MADRE

Esa es mi ilusión: los nietos.

Se sientan.

PADRE

Yo quiero que tengan muchos. Esta tierra necesita brazos que no sean pagados. Hay que sostener una batalla con las malas hierbas, con

MÈRE

J'ai mal jusqu'au bout des veines. Gravée sur leur front à tous je ne vois que la main qui a tué ce qui était à moi. Tu me vois, moi ? Est-ce que je n'ai pas l'air d'une folle ? Oui, folle de n'avoir pas crié tout ce que mon cœur réclame. J'ai dans ma poitrine un cri[1] toujours dressé que je dois réprimer et cacher sous les voiles de mon visage. Mais on m'emporte mes morts et il faudrait que je me taise. Après quoi les gens critiquent.

Elle ôte son manteau.

PÈRE

Aujourd'hui il ne faut pas te rappeler ces choses.

MÈRE

Quand on se met à parler, il faut que ça sorte et aujourd'hui plus encore. Parce que aujourd'hui je me retrouve toute seule dans ma maison.

PÈRE

En attendant d'avoir de la compagnie.

MÈRE

C'est mon espoir : mes petits-enfants.

Ils s'asseyent.

PÈRE

Je veux qu'ils en aient beaucoup. Cette terre a besoin de bras, pas ceux d'ouvriers qu'on doit payer. Il faut livrer bataille aux mauvaises herbes, aux

los cardos, con los pedruscos que salen no se sabe dónde. Y estos brazos tienen que ser de los dueños, que castiguen y que dominen, que hagan brotar las simientes. Se necesitan muchos hijos.

MADRE

¡Y alguna hija! ¡Los varones son del viento! Tienen por fuerza que manejar armas. Las niñas no salen jamás a la calle.

PADRE, *alegre.*

Yo creo que tendrán de todo.

MADRE

Mi hijo la cubrirá bien. Es de buena simiente. Su padre pudo haber tenido conmigo muchos hijos.

PADRE

Lo que yo quisiera es que esto fuera cosa de un día. Que en seguida tuvieran dos o tres hombres.

MADRE

Pero no es así. Se tarda mucho. Por eso es tan terrible ver la sangre de una derramada por el suelo. Una fuente que corre un minuto y a nosotros nos ha costado años. Cuando yo llegué a ver a mi hijo, estaba tumbado en mitad de la calle. Me mojé las manos de sangre y me las lamí con la lengua. Porque era mía. Tú no sabes lo que es eso. En una custodia de cristal y topacios pondría yo la tierra empapada por ella.

chardons, aux cailloux qui sortent d'on ne sait où. Et ces bras doivent être les maîtres qui punissent et commandent, qui font surgir les pousses. On a besoin de beaucoup de garçons.

MÈRE

Et de filles aussi ! Les garçons sont vifs comme le vent ! Ils sont toujours à manier des armes. Les filles ne sont jamais dans la rue.

PÈRE, *joyeux.*

Je crois qu'ils auront de tout.

MÈRE

Mon fils la couvrira bien. Il est de bonne souche. Son père aurait pu avoir avec moi beaucoup d'enfants.

PÈRE

Moi, j'aimerais que ça se fasse en un seul jour. Qu'ils aient tout de suite deux ou trois hommes.

MÈRE

Mais ce n'est pas comme ça. Il faut du temps. C'est pourquoi c'est si terrible de voir notre sang répandu par terre. Une source qui coule une minute mais qui nous a coûté des années. Quand je me suis approchée pour voir mon fils, il gisait au milieu de la rue. J'ai trempé mes mains dans son sang et j'ai léché avec ma langue. Parce que c'était mon sang. Tu ne sais pas ce que c'est, toi. Dans une châsse de verre et de topaze je mettrais, moi, la terre imbibée de ce sang.

PADRE

Ahora tienes que esperar. Mi hija es ancha y tu hijo es fuerte.

MADRE

Así espero.

Se levantan.

PADRE

Prepara las bandejas de trigo.

CRIADA

Están preparadas.

MUJER DE LEONARDO, *entrando.*

¡Que sea para bien!

MADRE

Gracias.

LEONARDO

¿Va a haber fiesta?

PADRE

Poca. La gente no puede entretenerse.

CRIADA

¡Ya están aquí!

Van entrando Invitados en alegres grupos. Entran los Novios cogidos del brazo. Sale Leonardo.

PÈRE

Maintenant il te faut espérer. Ma fille est large et ton fils est fort.

MÈRE

J'espère bien.

Ils se lèvent.

PÈRE

Prépare les plateaux de blé[1].

SERVANTE

Ils sont prêts.

FEMME DE LEONARDO, *entrant.*

Que ça leur porte bonheur !

MÈRE

Merci.

LEONARDO

Va-t-il y avoir fête ?

PÈRE

Très peu. Les gens ne peuvent pas s'attarder.

SERVANTE

Les voilà !

Les Invités entrent, en groupes joyeux. Les Fiancés entrent en se tenant le bras. Leonardo sort.

NOVIO

En ninguna boda se vio tanta gente.

NOVIA, *sombría.*

En ninguna.

PADRE

Fue lucida.

MADRE

Ramas enteras de familias han venido.

NOVIO

Gente que no salía de su casa.

MADRE

Tu padre sembró mucho y ahora lo recoges tú.

NOVIO

Hubo primos míos que yo ya no conocía.

MADRE

Toda la gente de la costa.

NOVIO, *alegre.*

Se espantaban de los caballos.

Hablan.

MADRE, *a la Novia.*

¿Qué piensas?

FIANCÉ

On n'a jamais vu autant de gens à des noces.

FIANCÉE, *l'air sombre.*

Jamais.

PÈRE

Quelles belles noces on a !

MÈRE

Des familles entières sont venues.

FIANCÉ

Des gens qui ne sortaient jamais.

MÈRE

Ton père a beaucoup semé et maintenant c'est toi qui récoltes.

FIANCÉ

Des cousins que je ne connaissais pas.

MÈRE

Tous ceux qui vivent sur la côte.

FIANCÉ, *joyeux.*

Ils avaient peur des chevaux.

Ils parlent tous ensemble.

MÈRE, à *la Fiancée.*

À quoi penses-tu ?

NOVIA

No pienso en nada.

MADRE

Las bendiciones pesan mucho.

Se oyen guitarras.

NOVIA

Como el plomo.

MADRE, *fuerte.*

Pero no han de pesar. Ligera como paloma debes ser.

NOVIA

¿Se queda usted aquí esta noche?

MADRE

No. Mi casa está sola.

NOVIA

¡Debía usted quedarse!

PADRE, *a la Madre.*

Mira el baile que tienen formado. Bailes de allá de la orilla del mar.

Sale Leonardo y se sienta. Su Mujer, detrás de él, en actitud rígida.

FIANCÉE

Je ne pense à rien.

MÈRE

Les bénédictions pèsent d'un grand poids.

On entend les guitares.

FIANCÉE

Comme du plomb.

MÈRE, *d'une voix forte.*

Mais elles ne doivent pas peser. Tu dois te sentir légère comme une colombe.

FIANCÉE

Vous restez ici cette nuit ?

MÈRE

Non. Je ne laisse pas ma maison toute seule.

FIANCÉE

Vous devriez rester !

PÈRE, *à la Mère.*

Regarde-les danser. Ce sont des danses de là-bas, du bord de mer.

Leonardo entre et s'assied. Sa femme derrière lui, rigide.

MADRE

Son los primos de mi marido. Duros como piedras para la danza.

PADRE

Me alegra el verlos. ¡Qué cambio para esta casa!

Se va.

NOVIO, *a la Novia.*

¿Te gustó el azahar?

NOVIA, *mirándole fija.*

Sí.

NOVIO

Es todo de cera. Dura siempre. Me hubiera gustado que llevaras en todo el vestido.

NOVIA

No hace falta.

Mutis Leonardo por la derecha.

MUCHACHA 1ª

Vamos a quitarle los alfileres.

NOVIA, *al Novio.*

Ahora vuelvo.

MUJER

¡Que seas feliz con mi prima!

MÈRE

Ce sont les cousins de mon mari. Pour danser ils sont solides comme le roc.

PÈRE

Je me réjouis de les voir. Quel changement dans cette maison !

Il sort.

FIANCÉ, *à la Fiancée.*

Ça t'a plu la fleur d'oranger ?

FIANCÉE, *le regardant fixement.*

Oui.

FIANCÉ

Elle est toute en cire. Cela dure toujours. J'aurais aimé que tu en portes sur toute ta robe.

FIANCÉE

Ce n'est pas nécessaire.

Leonardo quitte la scène sur la droite.

JEUNE FILLE 1

On va t'enlever les épingles.

FIANCÉE, *au Fiancé.*

Je reviens tout de suite.

FEMME

Sois heureux avec ma cousine !

NOVIO

Tengo seguridad.

MUJER

Aquí los dos; sin salir nunca y a levantar la casa. ¡Ojalá yo viviera también así de lejos!

NOVIO

¿Por qué no compráis tierras? El monte es barato y los hijos se crían mejor.

MUJER

No tenemos dinero. ¡Y con el camino que llevamos!

NOVIO

Tu marido es un buen trabajador.

MUJER

Sí, pero le gusta volar demasiado. Ir de una cosa a otra. No es hombre tranquilo.

CRIADA

¿No tomáis nada? Te voy a envolver unos roscos de vino para tu madre, que a ella le gustan mucho.

NOVIO

Ponle tres docenas.

MUJER

No, no. Con media tiene bastante.

FIANCÉ

J'en suis sûr.

FEMME

Ici tous les deux ; sans jamais sortir et vous monterez votre maison. J'aurais bien aimé vivre comme ça, au loin !

FIANCÉ

Pourquoi n'achetez-vous pas des terres ? À la montagne c'est bon marché et les enfants poussent mieux.

FEMME

Nous n'avons pas d'argent. Et ce n'est pas demain la veille !

FIANCÉ

Ton mari est un bon travailleur.

FEMME

Oui, mais il a la tête dans les nuages. Il aime aller d'une chose à l'autre. Il ne tient pas en place.

SERVANTE

Vous ne prenez rien ? Je vais t'envelopper des biscuits au vin pour ta mère, elle les aime beaucoup.

FIANCÉ

Mets-lui-en trois douzaines.

FEMME

Non, non. Une demi-douzaine c'est bien suffisant.

NOVIO

Un día es un día.

MUJER, *a la Criada.*

¿Y Leonardo?

CRIADA

No lo vi.

NOVIO

Debe estar con la gente.

MUJER

¡Voy a ver!

Se va.

CRIADA

Aquello está hermoso.

NOVIO

¿Y tú no bailas?

CRIADA

No hay quien me saque.

Pasan al fondo dos Muchachas; durante todo este acto, el fondo será un animado cruce de figuras.

NOVIO, *alegre.*

Eso se llama no entender. Las viejas frescas como tú bailan mejor que las jóvenes.

FIANCÉ

Mais aujourd'hui c'est exceptionnel.

FEMME, *à la Servante.*

Et Leonardo ?

SERVANTE

Je ne l'ai pas vu.

FIANCÉ

Il doit être avec les invités.

FEMME

Je vais aller voir !

Elle sort.

SERVANTE

Tout cela est si beau.

FIANCÉ

Et toi, tu ne danses pas ?

SERVANTE

Personne ne m'invite.

Deux Jeunes Filles passent au fond de la scène : pendant tout cet acte il y a un joyeux chassé-croisé de figures.

FIANCÉ, *joyeux.*

C'est à n'y rien comprendre. Les vieilles aussi vertes que toi dansent mieux que les jeunes filles.

CRIADA

Pero ¿vas a echarme requiebros, niño? ¡Qué familia la tuya! ¡Machos entre los machos! Siendo niña vi la boda de tu abuelo. ¡Qué figura! Parecía como si se casara un monte.

NOVIO

Yo tengo menos estatura.

CRIADA

Pero el mismo brillo en los ojos. ¿Y la niña?

NOVIO

Quitándose la toca.

CRIADA

¡Ah! Mira. Para la medianoche, como no dormiréis, os he preparado jamón y unas copas grandes de vino antiguo. En la parte baja de la alacena. Por si lo necesitáis.

NOVIO, *sonriente.*

No como a medianoche.

CRIADA, *con malicia.*

Si tú no, la novia.

Se va.

MOZO 1º, *entrando.*

¡Tienes que beber con nosotros!

SERVANTE

Tu ne vas quand même pas me faire la cour, petit ? Quelle famille que la tienne ! Des étalons ! Lorsque j'étais gosse j'ai assisté aux noces de ton grand-père. La classe ! On aurait dit que toute la montagne se mariait.

FIANCÉ

Je n'ai pas la même taille.

SERVANTE

Mais le même éclat dans les yeux. Et ta petite femme ?

FIANCÉ

Elle est partie retirer sa couronne.

SERVANTE

Ah, écoute ! Pour minuit, comme vous ne dormirez pas, je vous ai préparé du jambon et des grands verres de vin vieux. C'est dans le bas du buffet. Pour le cas où.

FIANCÉ, *souriant.*

Je ne mange jamais à minuit.

SERVANTE, *malicieusement.*

Toi non, mais la fiancée…

Elle sort.

GARÇON 1, *entrant.*

Tu dois trinquer avec nous !

NOVIO

Estoy esperando a la novia.

MOZO 2º

¡Ya la tendrás en la madrugada!

MOZO 1º

¡Que es cuando más gusta!

MOZO 2º

Un momento.

NOVIO

Vamos.

Salen. Se oye gran algazara. Sale la Novia. Por el lado opuesto salen dos Muchachas corriendo a encontrarla.

MUCHACHA 1ª

¿A quién diste el primer alfiler, a mí o a esta?

NOVIA

No me acuerdo.

MUCHACHA 1ª

A mí me lo diste aquí.

MUCHACHA 2ª

A mí delante del altar.

FIANCÉ

J'attends la fiancée.

GARÇON 2

Tu l'auras pour toi au petit matin !

GARÇON 1

C'est le meilleur moment.

GARÇON 2

Rien qu'un moment !

FIANCÉ

Ah bon, allons-y !

Ils sortent. On entend un grand brouhaha. La Fiancée apparaît. Du côté opposé sortent deux Jeunes Filles qui courent à sa rencontre.

JEUNE FILLE 1

À qui as-tu donné la première épingle, à moi ou à elle ?

FIANCÉE

Je ne me rappelle pas.

JEUNE FILLE 1

À moi, tu me l'as donnée ici.

JEUNE FILLE 2

À moi, tu me l'as donnée à l'église.

NOVIA, *inquieta y con una gran lucha interior.*

No sé nada.

MUCHACHA 1ª

Es que yo quisiera que tú...

NOVIA, *interrumpiendo.*

Ni me importa. Tengo mucho que pensar.

MUCHACHA 2ª

Perdona.

Leonardo cruza el fondo.

NOVIA, *ve a Leonardo.*

Y estos momentos son agitados.

MUCHACHA 1ª

¡Nosotras no sabemos nada!

NOVIA

Ya lo sabréis cuando os llegue la hora. Estos pasos son pasos que cuestan mucho.

MUCHACHA 1ª

¿Te ha disgustado?

NOVIA

No. Perdonad vosotras.

FIANCÉE, *inquiète et débattant au fond d'elle-même.*

Je n'en sais rien.

JEUNE FILLE 1

C'est que je voudrais que tu…

FIANCÉE, *coupant court.*

Je m'en fiche. J'ai trop de choses à penser.

JEUNE FILLE 2

Excuse-moi.

Leonardo traverse au fond.

FIANCÉE, *voit Leonardo.*

Et ce sont des moments bien agités.

JEUNE FILLE 1

Nous ne savons rien de cela !

FIANCÉE

Vous le saurez quand viendra l'heure. C'est un pas important à franchir.

JEUNE FILLE 1

Tu es fâchée ?

FIANCÉE

Non. Excusez-moi.

MUCHACHA 2ª

¿De qué? Pero los dos alfileres sirven para casarse, ¿verdad?

NOVIA

Los dos.

MUCHACHA 1ª

Ahora, que una se casa antes que otra.

NOVIA

¿Tantas ganas tenéis?

MUCHACHA 2ª, *vergonzosa.*

Sí.

NOVIA

¿Para qué?

MUCHACHA 1ª

Pues... *(abrazando a la segunda).*

Echan a correr las dos. Llega el Novio y, muy despacio, abraza a la Novia por detrás.

NOVIA, *con gran sobresalto.*

¡Quita!

NOVIO

¿Te asustas de mí?

JEUNE FILLE 2

De quoi ? Mais les deux épingles servent à se marier dans l'année, pas vrai ?

FIANCÉE

Oui, toutes les deux.

JEUNE FILLE 1

Sauf que l'une se marie avant l'autre.

FIANCÉE

Vous en avez tellement envie ?

JEUNE FILLE 2, *confuse.*

Oui.

FIANCÉE

Pourquoi ?

JEUNE FILLE 1

C'est que… (*prenant le bras de la seconde*).

Elles sortent toutes les deux en courant. Le Fiancé arrive et tout doucement enlace la Fiancée par-derrière.

FIANCÉE, *sursautant.*

Arrête !

FIANCÉ

Tu as peur de moi ?

NOVIA

¡Ay! ¿Eras tú?

NOVIO

¿Quién iba a ser? *(Pausa.)* Tu padre o yo.

NOVIA

¡Es verdad!

NOVIO

Ahora que tu padre te hubiera abrazado más blando.

NOVIA, *sombría.*

¡Claro!

NOVIO

Porque es viejo.

La abraza fuertemente de un modo un poco brusco.

NOVIA, *seca.*

¡Déjame!

NOVIO

¿Por qué?

La deja.

NOVIA

Pues… la gente. Pueden vernos.

FIANCÉE

Ah ! C'était toi ?

FIANCÉ

Qui cela pouvait être ? (*Silence.*) Ou ton père ou moi.

FIANCÉE

C'est vrai !

FIANCÉ

Mais ton père t'aurait serrée moins fort.

FIANCÉE, *l'air sombre.*

Bien sûr !

FIANCÉ

Parce qu'il est vieux.

Il la serre fortement d'une façon un peu brusque.

FIANCÉE, *sèchement.*

Laisse-moi !

FIANCÉ

Pourquoi ?

Il la lâche.

FIANCÉE

Ben… les gens. On peut nous voir.

Vuelve a cruzar el fondo la Criada, que no mira a los Novios.

NOVIO

¿Y qué? Ya es sagrado.

NOVIA

Sí, pero déjame… Luego.

NOVIO

¿Qué tienes? ¡Estás como asustada!

NOVIA

No tengo nada. No te vayas.

Sale la Mujer de Leonardo.

MUJER

No quiero interrumpir…

NOVIO

Dime.

MUJER

¿Pasó por aquí mi marido?

NOVIO

No.

MUJER

Es que no le encuentro y el caballo no está tampoco en el establo.

La Servante traverse au fond, sans regarder les Fiancés.

FIANCÉ

Et quoi ? On est bénis maintenant.

FIANCÉE

Oui, mais laisse-moi… Plus tard.

FIANCÉ

Qu'est-ce que tu as ? Tu as l'air effrayée !

FIANCÉE

Je n'ai rien. Ne t'en va pas.

La femme de Leonardo entre.

FEMME

Sans vouloir vous interrompre…

FIANCÉ

Dis-moi.

FEMME

Vous avez vu mon mari, par là ?

FIANCÉ

Non.

FEMME

Je ne le trouve pas, et le cheval n'est pas non plus à l'écurie.

NOVIO, *alegre.*

Debe estar dándole una carrera.

Se va la Mujer, inquieta. Sale la Criada.

CRIADA

¿No andáis satisfechos de tanto saludo?

NOVIO

Ya estoy deseando que esto acabe. La novia está un poco cansada.

CRIADA

¿Qué es eso, niña?

NOVIA

¡Tengo como un golpe en las sienes!

CRIADA

Una novia de estos montes debe ser fuerte. *(Al Novio.)* Tú eres el único que la puedes curar, porque tuya es.

Sale corriendo.

NOVIO, *abrazándola.*

Vamos un rato al baile.

La besa.

FIANCÉ, *gaiement.*

Il doit le faire galoper.

La Femme s'en va, inquiète. La Servante entre.

SERVANTE

Vous n'êtes pas satisfaits de toutes ces félicitations ?

FIANCÉ

Il me tarde qu'on en finisse. La fiancée est un peu fatiguée.

SERVANTE

Qu'est-ce que c'est que ça, petite ?

FIANCÉE

C'est comme si j'avais reçu un coup sur la tête !

SERVANTE

Une fiancée de ces montagnes doit être forte. (*Au Fiancé* :) Tu es le seul à pouvoir la guérir, c'est ta femme maintenant.

Elle sort en courant.

FIANCÉ, *l'enlaçant.*

Viens, allons danser.

Il l'embrasse.

NOVIA, *angustiada.*

No. Quisiera echarme en la cama un poco.

NOVIO

Yo te haré compañía.

NOVIA

¡Nunca! ¿Con toda la gente aquí? ¿Qué dirían? Déjame sosegar un momento.

NOVIO

¡Lo que quieras! ¡Pero no estés así por la noche!

NOVIA, *en la puerta.*

A la noche estaré mejor.

NOVIO

¡Que es lo que yo quiero!

Aparece la Madre.

MADRE

Hijo.

NOVIO

¿Dónde anda usted?

MADRE

En todo ese ruido. ¿Estás contento?

FIANCÉE, *angoissée.*

Non. Je vais m'étendre un peu au lit.

FIANCÉ

Je vais te tenir compagnie.

FIANCÉE

Pas question. Avec tous les invités ici ? Qu'est-ce qu'ils diraient. Laisse-moi juste me reposer un moment.

FIANCÉ

Comme tu voudras ! Mais tâche de n'être pas comme ça cette nuit !

FIANCÉE, *à la porte.*

Ça ira mieux cette nuit.

FIANCÉ

C'est ce que je veux.

La Mère apparaît.

MÈRE

Mon fils !

FIANCÉ

Où étais-tu ?

MÈRE

Au milieu de tout ce bruit. Es-tu content ?

NOVIO

Sí.

MADRE

¿Y tu mujer?

NOVIO

Descansa un poco. ¡Mal día para las novias!

MADRE

¿Mal día? El único bueno. Para mí fue como una herencia.

Entra la Criada y se dirige al cuarto de la Novia.

Es la roturación de las tierras, la plantación de árboles nuevos.

NOVIO

¿Usted se va a ir?

MADRE

Sí. Yo tengo que estar en mi casa.

NOVIO

Sola.

MADRE

Sola, no. Que tengo la cabeza llena de cosas y de hombres y de luchas.

NOVIO

Pero luchas que ya no son luchas.

FIANCÉ

Oui.

MÈRE

Et ta femme ?

FIANCÉ

Elle se repose un peu. C'est un mauvais jour pour la fiancée.

MÈRE

Un mauvais jour ? Mais c'est le seul bon jour. Pour moi c'était comme de faire un héritage...

La Servante entre et se dirige vers la chambre de la Fiancée.

La terre qu'on laboure, les arbres qu'on plante...

FIANCÉ

Tu vas t'en retourner ?

MÈRE

Oui. Je dois être chez moi.

FIANCÉ

Toute seule ?

MÈRE

Pas seule. J'ai la tête pleine de choses, d'hommes et de combats.

FIANCÉ

Mais ces combats ne sont plus des combats.

Sale la Criada rápidamente; desaparece corriendo por el fondo.

MADRE

Mientras una vive, lucha.

NOVIO

¡Siempre la obedezco!

MADRE

Con tu mujer procura estar cariñoso, y si la notas infatuada o arisca, hazle una caricia que le produzca un poco de daño, un abrazo fuerte, un mordisco y luego un beso suave. Que ella no pueda disgustarse, pero que sienta que tú eres el macho, el amo, el que mandas. Así aprendí de tu padre. Y como no lo tienes, tengo que ser yo la que te enseñe estas fortalezas.

NOVIO

Yo siempre haré lo que usted mande.

PADRE, *entrando.*

¿Y mi hija?

NOVIO

Está dentro.

MUCHACHA 1ª

¡Vengan los novios, que vamos a bailar la rueda!

La Servante entre rapidement et disparaît en courant dans le fond.

MÈRE

Toute sa vie, on combat.

FIANCÉ

Moi, je t'obéis toujours !

MÈRE

Avec ta femme tâche d'être affectueux, et si tu la trouves revêche ou bourrue, caresse-la un peu brutalement, serre-la fort, mords-la un peu, et ensuite un doux baiser. Qu'elle ne puisse pas se fâcher, mais qu'elle sente que c'est toi le mâle, le maître, celui qui commande. C'est ce que j'ai appris de ton père. Et comme il n'est plus là, c'est à moi de t'enseigner ces manières.

FIANCÉ

Je ferai toujours comme tu diras.

PÈRE, *entrant.*

Et ma fille ?

FIANCÉ

Elle est à l'intérieur.

JEUNE FILLE 1

Venez, les fiancés, nous allons faire une ronde !

MOZO 1°, *al Novio.*

Tú la vas a dirigir.

PADRE, *saliendo.*

¡Aquí no está!

NOVIO

¿No?

PADRE

Debe haber subido a la baranda.

NOVIO

¡Voy a ver!

Entra.
Se oye algazara y guitarras.

MUCHACHA 1ª

¡Ya ha empezado!

Sale.

NOVIO, *saliendo.*

No está.

MADRE, *inquieta.*

¿No?

PADRE

¿Y adónde puede haber ido?

GARÇON 1, *au Fiancé.*

Tu vas prendre la tête.

PÈRE, *revenant.*

Elle n'est pas ici !

FIANCÉ

Non ?

PÈRE

Elle a dû monter au balcon.

FIANCÉ

Je vais voir !

Il sort.
On entend le brouhaha et les guitares.

JEUNE FILLE 1

C'est parti !

Elle sort.

FIANCÉ, *revenant.*

Elle n'y est pas.

MÈRE, *inquiète.*

Non ?

PÈRE

Où peut-elle bien être ?

CRIADA, *entrando.*

Y la niña, ¿dónde está?

MADRE, *seria.*

No lo sabemos.

Sale el Novio. Entran tres Invitados.

PADRE, *dramático.*

Pero ¿no está en el baile?

CRIADA

En el baile no está.

PADRE, *con arranque.*

Hay mucha gente. ¡Mirad!

CRIADA

¡Ya he mirado!

PADRE, *trágico.*

¿Pues dónde está?

NOVIO, *entrando.*

Nada. En ningún sitio.

MADRE, *al Padre.*

¿Qué es esto? ¿Dónde está tu hija?

Entra la Mujer de Leonardo.

SERVANTE, *entrant.*

Et la petite, où elle est passée ?

MÈRE, *sérieuse.*

On ne sait pas.

Le Fiancé sort. Trois Invités entrent.

PÈRE, *tracassé*

Mais, elle n'est pas au bal ?

SERVANTE

Au bal elle n'y est pas.

PÈRE, *irrité.*

Il y a beaucoup de monde. Allez voir !

SERVANTE

J'ai déjà regardé !

PÈRE, *tragique.*

Mais où peut-elle bien être ?

FIANCÉ, *revenant.*

Rien. Nulle part.

MÈRE, *au Père.*

Qu'est-ce que c'est que ça ? Où est ta fille ?

La Femme de Leonardo entre.

MUJER

¡Han huido! ¡Han huido! Ella y Leonardo. En el caballo. Van abrazados, como una exhalación.

PADRE

¡No es verdad! ¡Mi hija, no!

MADRE

¡Tu hija, sí! Planta de mala madre, y él, él también, él. Pero ¡ya es la mujer de mi hijo!

NOVIO

¡Vamos detrás! ¿Quién tiene un caballo?

MADRE

¿Quién tiene un caballo ahora mismo, quién tiene un caballo? Que le daré todo lo que tengo, mis ojos y hasta mi lengua…

VOZ

Aquí hay uno.

MADRE, *al Hijo.*

¡Anda! ¡Detrás!

Sale con dos Mozos.

No. No vayas. Esa gente mata pronto y bien…; pero ¡sí, corre, y yo detrás!

PADRE

No será ella. Quizá se haya tirado al aljibe.

FEMME

Ils se sont enfuis ! Ils se sont enfuis ! Elle et Leonardo. À cheval. Serrés l'un contre l'autre, partis dans un éclair !

PÈRE

Ce n'est pas vrai ! Ma fille, non !

MÈRE

Oui, ta fille ! Graine de mauvaise mère, et lui aussi. Mais maintenant c'est la femme de mon fils !

FIANCÉ

On court derrière eux ! Qui a un cheval ?

MÈRE

Un cheval, tout de suite, un cheval ! Je donnerai tout ce que j'ai, mes yeux et même ma langue[1]...

VOIX

En voilà un.

MÈRE, *à son fils.*

Va, suis-les !...

Il sort avec deux Garçons.

Non. N'y va pas. Ces gens savent tuer, vite et bien... Oui, oui, vas-y, moi je vous suis !

PÈRE

Ça ne peut pas être elle. Elle s'est peut-être jetée dans la citerne.

MADRE

Al agua se tiran las honradas, las limpias; ¡esa, no! Pero ya es mujer de mi hijo. Dos bandos. Aquí hay ya dos bandos.

Entran todos.

Mi familia y la tuya. Salid todos de aquí. Limpiarse el polvo de los zapatos. Vamos a ayudar a mi hijo.

La gente se separa en dos grupos.

Porque tiene gente; que son sus primos del mar y todos los que llegan de tierra adentro.

¡Fuera de aquí! Por todos los caminos. Ha llegado otra vez la hora de la sangre. Dos bandos. Tú con el tuyo y yo con el mío. ¡Atrás! ¡Atrás!

TELÓN

MÈRE

Ce sont les filles honnêtes qui se jettent à l'eau, les filles propres. Pas la tienne ! Mais maintenant c'est la femme de mon fils. Deux clans. Il y a ici deux clans…

Tout le monde entre.

Ma famille et la tienne. Sortez tous d'ici. Poursuivons-les sans pitié. Allons aider mon fils…

Les gens se séparent en deux groupes.

Il y a beaucoup d'hommes avec lui, ses cousins de la mer et tous ceux qui viennent de l'intérieur. Dehors tout le monde ! Sur tous les chemins. L'heure du sang a sonné. Et deux clans. Toi avec le tien, moi avec le mien. Courons tous derrière eux ! Derrière eux !

RIDEAU.

ACTO TERCERO

CUADRO PRIMERO

Bosque. Es de noche. Grandes troncos húmedos. Ambiente oscuro. Se oyen dos violines. Salen tres Leñadores.

LEÑADOR 1°

¿Y los han encontrado?

LEÑADOR 2°

No. Pero los buscan por todas partes.

LEÑADOR 3°

Ya darán con ellos.

LEÑADOR 2°

¡Chissss!

LEÑADOR 3°

¿Qué?

TROISIÈME ACTE

PREMIER TABLEAU

Dans les bois. Il fait nuit. De grands troncs humides. Atmosphère obscure. On entend deux violons. Trois bûcherons entrent.

BÛCHERON 1

Et ils les ont trouvés ?

BÛCHERON 2

Non. Mais ils les cherchent partout.

BÛCHERON 3

Ils finiront par tomber sur eux.

BÛCHERON 2

Chut !

BÛCHERON 3

Quoi ?

LEÑADOR 2º

Parece que se acercan por todos los caminos a la vez.

LEÑADOR 1º

Cuando salga la luna los verán.

LEÑADOR 2º

Debían dejarlos.

LEÑADOR 1º

El mundo es grande. Todos pueden vivir en él.

LEÑADOR 3º

Pero los matarán.

LEÑADOR 2º

Hay que seguir la inclinación: han hecho bien en huir.

LEÑADOR 1º

Se estaban engañando uno a otro y al fin la sangre pudo más.

LEÑADOR 3º

¡La sangre!

LEÑADOR 1º

Hay que seguir el camino de la sangre.

BÛCHERON 2

On dirait qu'ils s'approchent par tous les chemins à la fois.

BÛCHERON 1

Quand la lune se lèvera, alors ils les verront.

BÛCHERON 2

On devrait les laisser en paix.

BÛCHERON 1

Le monde est grand. Tout le monde a le droit d'y vivre.

BÛCHERON 3

Mais ils vont les tuer.

BÛCHERON 2

Il faut suivre son désir… Ils ont bien fait de s'enfuir.

BÛCHERON 1

Ils s'étaient trompés l'un l'autre mais c'est le sang qui a le dernier mot.

BÛCHERON 3

Le sang !

BÛCHERON 1

Il faut suivre la voie du sang.

LEÑADOR 2º

Pero la sangre que ve la luz se la bebe la tierra.

LEÑADOR 1º

¿Y qué? Vale más ser muerto desangrado que vivo con ella podrida.

LEÑADOR 3º

Callar.

LEÑADOR 1º

¿Qué? ¿Oyes algo?

LEÑADOR 3º

Oigo los grillos, las ranas, el acecho de la noche.

LEÑADOR 1º

Pero el caballo no se siente.

LEÑADOR 3º

No.

LEÑADOR 1º

Ahora la estará queriendo.

LEÑADOR 2º

El cuerpo de ella era para él y el cuerpo de él para ella.

LEÑADOR 3º

Los buscan y los matarán.

BÛCHERON 2

Mais le sang qui jaillit au jour c'est la terre qui le boit.

BÛCHERON 1

Et alors ? Mieux vaut mourir saigné à blanc que vivre avec du sang pourri.

BÛCHERON 3

Taisez-vous.

BÛCHERON 1

Quoi ? Tu entends quelque chose ?

BÛCHERON 3

J'entends les grillons, les grenouilles, tout ce qui guette la nuit.

BÛCHERON 1

Mais le cheval on ne l'entend pas.

BÛCHERON 3

Non.

BÛCHERON 1

À cette heure il doit lui faire l'amour.

BÛCHERON 2

Son corps à elle était pour lui et son corps à lui était pour elle.

BÛCHERON 3

Ils les cherchent et ils les tueront.

LEÑADOR 1º

Pero ya habrán mezclado sus sangres y serán como dos cántaros vacíos, como dos arroyos secos.

LEÑADOR 2º

Hay muchas nubes y será fácil que la luna no salga.

LEÑADOR 3º

El novio los encontrará con luna o sin luna. Yo lo vi salir. Como una estrella furiosa. La cara color ceniza. Expresaba el sino de su casta.

LEÑADOR 1º

Su casta de muertos en mitad de la calle.

LEÑADOR 2º

¡Eso es!

LEÑADOR 3º

¿Crees que ellos lograrán romper el cerco?

LEÑADOR 2º

Es difícil. Hay cuchillos y escopetas a diez leguas a la redonda.

LEÑADOR 3º

Él lleva buen caballo.

LEÑADOR 2º

Pero lleva una mujer.

BÛCHERON 1

Mais ils auront déjà mêlé leurs sangs et ils seront comme deux vases vides, comme deux ruisseaux à sec.

BÛCHERON 2

Il y a beaucoup de nuages et peut-être bien qu'il n'y aura pas clair de lune.

BÛCHERON 3

Le fiancé les retrouvera avec ou sans lune. Moi je l'ai vue la lune. Comme une étoile furieuse. La face de cendre. Elle exprimait le destin de cette famille.

BÛCHERON 1

Des gens assassinés en plein milieu de la rue.

BÛCHERON 2

C'est ça !

BÛCHERON 3

Tu crois qu'ils réussiront à rompre l'encerclement ?

BÛCHERON 2

Dur, dur. Il y a des couteaux et des fusils à dix lieues à la ronde.

BÛCHERON 3

Il a un bon cheval.

BÛCHERON 2

Mais il porte une femme.

LEÑADOR 1º

Ya estamos cerca.

LEÑADOR 2º

Un árbol de cuarenta ramas. Lo cortaremos pronto.

LEÑADOR 3º

Ahora sale la luna. Vamos a darnos prisa.

Por la izquierda surge una claridad.

LEÑADOR 1º

¡Ay luna que sales!
Luna de las hojas grandes.

LEÑADOR 2º

¡Llena de jazmines la sangre!

LEÑADOR 1º

¡Ay luna sola!
¡Luna de las verdes hojas!

LEÑADOR 2º

Plata en la cara de la novia.

LEÑADOR 3º

¡Ay luna mala!
Deja para el amor la oscura rama.

LEÑADOR 1º

¡Ay triste luna!
¡Deja para el amor la rama oscura!

BÛCHERON 1

Nous sommes tout près.

BÛCHERON 2

Un arbre à quarante branches. On va l'abattre vite fait.

BÛCHERON 3

La lune se lève. Dépêchons-nous.

Éclairage sur la gauche.

BÛCHERON 1

Ah, lune qui te lèves !
lune aux grandes feuilles.

BÛCHERON 2

Jasmin taché de sang !

BÛCHERON 1

Ah, lune solitaire !
Lune aux vertes feuilles !

BÛCHERON 2

La fiancée, visage d'argent.

BÛCHERON 3

Ah, méchante lune !
Garde les amants sous l'obscur feuillage.

BÛCHERON 1

Ah, triste lune !
Sous l'obscur feuillage garde les amants !

Salen. Por la claridad de la izquierda aparece la Luna. La Luna es un leñador joven, con la cara blanca. La escena adquiere un vivo resplandor azul.

LUNA

Cisne redondo en el río,
ojo de las catedrales,
alba fingida en las hojas
soy; ¡no podrán escaparse!
¿Quién se oculta? ¿Quién solloza
por la maleza del valle?
La luna deja un cuchillo
abandonado en el aire,
que siendo acecho de plomo
quiere ser dolor de sangre.
¡Dejadme entrar! ¡Vengo helada
por paredes y cristales!
¡Abrid tejados y pechos
donde pueda calentarme!
¡Tengo frío! Mis cenizas
de soñolientos metales
buscan la cresta del fuego
por los montes y las calles.
Pero me lleva la nieve
sobre su espalda de jaspe,
y me anega, dura y fría,
el agua de los estanques.
Pues esta noche tendrán
mis mejillas roja sangre,
y los juncos agrupados

Ils sortent. Sur la gauche éclairée apparaît la Lune. La Lune est un jeune bûcheron au visage blanc. La scène prend une teinte bleu vif.

LUNE

Je suis un cygne rond sur l'eau,
l'œil des cathédrales,
une aube feinte aux feuillages ;
ils ne pourront s'échapper !
Qui se cache ? Qui sanglote
dans les ronces du val ?
La lune laisse un couteau
errer dans l'air,
qui, guetteur de plomb,
veut être douleur de sang.
Laissez-moi entrer ! Je me glace
aux carreaux et aux murs !
Ouvrez les toits, découvrez un sein
où je puisse me réchauffer !
J'ai froid ! Mes cendres
de somnolent métal
cherchent un doigt de flamme
par les monts et les rues.
Mais la neige me porte
sur son dos de jaspe,
et l'eau des étangs
me noie, dure et froide.
Car cette nuit mes joues
rougiront de sang,
et les joncs serrés

en los anchos pies del aire.
¡No haya sombra ni emboscada,
que no puedan escaparse!
¡Que quiero entrar en un pecho
para poder calentarme!
¡Un corazón para mí!
¡Caliente!, que se derrame
por los montes de mi pecho;
dejadme entrar, ¡ay, dejadme!

(A las ramas.)

No quiero sombras. Mis rayos
han de entrar en todas partes,
y haya en los troncos oscuros
un rumor de claridades,
para que esta noche tengan
mis mejillas dulce sangre,
y los juncos agrupados
en los anchos pies del aire.
¿Quién se oculta? ¡Afuera digo!
¡No! ¡No podrán escaparse!
Yo haré lucir al caballo
una fiebre de diamante.

Desaparece entre los troncos y vuelve la escena a su luz oscura. Sale una Mendiga totalmente cubierta por tenues paños verdeoscuros. Lleva los pies descalzos. Apenas si se le verá el rostro entre los pliegues. Este personaje no figura en el reparto.

au large pied du vent.
Point d'ombre ni d'embuscade
par où s'enfuir !
Car je veux pénétrer une poitrine
pour trouver la chaleur !
Un cœur pour moi !
Chaud, qui s'épande
à la surface de mon sein.
Laissez-moi entrer, ah, laissez-moi !

(Aux branches.)

Je ne veux pas d'ombres. Mes rayons
pénétreront partout,
et qu'il y ait sur les sombres troncs
une rumeur de clartés,
pour que cette nuit mes joues
rougissent d'un doux sang[1],
et les joncs serrés
au large pied du vent.
Qui se cache ici ? Dehors je dis !
Non ! Ils ne pourront s'échapper !
J'illuminerai le cheval
d'une fièvre de diamants.

La Lune disparaît parmi les arbres, et la scène retrouve son éclairage obscur. Une vieille femme apparaît entièrement couverte de voiles fins vert sombre. Elle est pieds nus. On verra à peine son visage entre les plis[2].

MENDIGA

Esa luna se va, y ellos se acercan.
De aquí no pasan. El rumor del río
apagará con el rumor de troncos
el desgarrado vuelo de los gritos.
Aquí ha de ser, y pronto. Estoy cansada.
Abren los cofres, y los blancos hilos
aguardan por el suelo de la alcoba
cuerpos pesados con el cuello herido.
No se despierte un pájaro y la brisa,
recogiendo en su falda los gemidos,
huya con ellos por las negras copas
o los entierre por el blanco limo.
¡Esa luna, esa luna!

(Impaciente.)

¡Esa luna, esa luna!

Aparece la Luna. Vuelve la luz intensa.

LUNA

Ya se acercan.
Unos por la cañada y otros por el río.
Voy a alumbrar las piedras. ¿Qué necesitas?

MENDIGA

Nada.

LUNA

El aire va llegando duro, con doble filo.

MENDIANTE

Cette lune s'en va et ils approchent.
Ils ne sortiront pas d'ici. La rumeur de l'eau
et la rumeur des arbres feront taire
l'envol déchirant des cris.
Ce sera ici, vite fait. Je suis fatiguée.
Les coffres sont ouverts, et le blanc fil
attend sur le sol de l'alcôve
des corps pesants au cou blessé.
Ne s'éveille l'oiseau et que la brise,
cueillant dans ses plis leurs plaintes,
s'enfuie avec eux dans les noirs feuillages
ou les enterre au moelleux limon[1].
Cette lune, cette lune !

(Impatiente.)

Cette lune, cette lune !

La Lune apparaît. Retour de la lumière bleu intense.

LUNE

Les voilà qui approchent.
Les uns par les roseaux et l'autre[2] par le ruisseau.
Je vais éclairer les pierres. Que te faut-il ?

MENDIANTE

Rien.

LUNE

Rude est le vent, à double tranchant.

MENDIGA

Ilumina el chaleco y aparta los botones,
que después las navajas ya saben el camino.

LUNA

Pero que tarden mucho en morir. Que la sangre
me ponga entre los dedos su delicado silbo.
¡Mira que ya mis valles de ceniza despiertan
en ansia de esta fuente de chorro estremecido!

MENDIGA

No dejemos que pasen el arroyo. ¡Silencio!

LUNA

¡Allí vienen!

Se va. Queda la escena a oscuras.

MENDIGA

¡De prisa! Mucha luz. ¿Me has oído?
¡No pueden escaparse!

Entran el Novio y Mozo 1º. La Mendiga se sienta y se tapa con el manto.

NOVIO

Por aquí.

MOZO 1º

No los encontrarás.

NOVIO, *enérgico.*

¡Sí los encontraré!

MENDIANTE

Éclaire le gilet, écarte les boutons,
après quoi les couteaux savent le chemin.

LUNE

Mais qu'ils meurent lentement. Que leur sang
glisse entre mes doigts son mince sifflement.
Vois mes vallées de cendre s'éveiller
au désir de ce flot frémissant !

MENDIANTE

Ne les laissons pas franchir le ruisseau. Silence !

LUNE

Les voilà !

Elle part. La scène plonge dans l'obscurité.

MENDIANTE

Vite. De la lumière, tu m'entends ?
Ils ne peuvent pas s'échapper !

Le Fiancé entre, accompagné du Garçon 1.
La Mendiante s'assied et se cache sous sa cape.

FIANCÉ

Par ici.

GARÇON 1

Tu ne les retrouveras pas.

FIANCÉ, *énergique.*

Si, je les retrouverai !

MOZO 1º

Creo que se han ido por otra vereda.

NOVIO

No. Yo sentí hace un momento el galope.

MOZO 1º

Sería otro caballo.

NOVIO, *dramático.*

Oye. No hay más que un caballo en el mundo, y es este. ¿Te has enterado? Si me sigues, sígueme sin hablar.

MOZO 1º

Es que yo quisiera...

NOVIO

Calla. Estoy seguro de encontrármelos aquí. ¿Ves este brazo? Pues no es mi brazo. Es el brazo de mi hermano y el de mi padre y el de toda mi familia que está muerta. Y tiene tanto poderío, que puede arrancar este árbol de raíz si quiere. Y vamos pronto, que siento los dientes de todos los míos clavados aquí de una manera que se me hace imposible respirar tranquilo.

MENDIGA, *quejándose.*

¡Ay!

MOZO 1º

¿Has oído?

GARÇON 1

Je crois qu'ils ont pris un autre chemin.

FIANCÉ

Non. J'entends galoper.

GARÇON 1

Ce devait être un autre cheval.

FIANCÉ, *d'un air dramatique.*

Écoute. Il n'y a qu'un seul cheval au monde et c'est celui-là. Compris ? Si tu veux me suivre, suis-moi sans parler.

GARÇON 1

C'est que je voudrais…

FIANCÉ

Tais-toi. Je suis sûr de les trouver ici. Tu vois ce bras ? Eh bien, ce n'est pas mon bras. C'est le bras de mon frère et de mon père, le bras de toute ma famille assassinée. Et il est si puissant qu'il peut s'il le veut arracher cet arbre, le déraciner. Allons-y, pressons, je sens les dents de tous les miens plantées dans ma chair et si fort qu'elles me coupent le souffle.

MENDIANTE, *gémissant.*

Ah !

GARÇON 1

Tu as entendu ?

NOVIO

Vete por ahí y da la vuelta.

MOZO 1º

Esto es una caza.

NOVIO

Una caza. La más grande que se puede hacer.

Se va el Mozo. El Novio se dirige rápidamente hacia la izquierda y tropieza con la Mendiga, la Muerte.

MENDIGA

¡Ay!

NOVIO

¿Qué quieres?

MENDIGA

Tengo frío.

NOVIO

¿Adónde te diriges?

MENDIGA, *siempre quejándose como una mendiga.*

Allá lejos…

NOVIO

¿De dónde vienes?

FIANCÉ

Va par là et fais le tour.

GARÇON 1

On dirait une chasse à courre.

FIANCÉ

Oui, une chasse. Et la plus grande battue.

Le Garçon s'en va. Le Fiancé se dirige rapidement vers la gauche et tombe sur la Mendiante, la Mort.

MENDIANTE

Ah !

FIANCÉ

Que veux-tu ?

MENDIANTE

J'ai froid.

FIANCÉ

Où vas-tu ?

MENDIANTE, *geignant toujours comme une mendiante.*

Par là-bas…

FIANCÉ

D'où viens-tu ?

MENDIGA

De allí..., de muy lejos.

NOVIO

¿Viste un hombre y una mujer que corrían montados en un caballo?

MENDIGA, *despertándose.*

Espera... *(Lo mira.)* Hermoso galán. *(Se levanta.)* Pero mucho más hermoso si estuviera dormido.

NOVIO

Dime, contesta, ¿los viste?

MENDIGA

Espera... ¡Qué espaldas más anchas! ¿Cómo no te gusta estar tendido sobre ellas y no andar sobre las plantas de los pies, que son tan chicas?

NOVIO, *zamarreándola.*

¡Te digo si los viste! ¿Han pasado por aquí?

MENDIGA, *enérgica.*

No han pasado; pero están saliendo de la colina. ¿No los oyes?

NOVIO

No.

MENDIGA

¿Tú no conoces el camino?

MENDIANTE

De là-bas…, de très loin.

FIANCÉ

As-tu vu un homme et une femme sur un cheval au galop ?

MENDIANTE, *se réveillant.*

Attends… (*Elle le regarde.*) Quel beau jeune homme ! (*Elle se lève.*) Il serait plus beau encore s'il était endormi.

FIANCÉ

Dis-moi, réponds, tu les as vus ?

MENDIANTE

Attends… Quelles larges épaules ! Pourquoi ne pas t'étendre sur le dos plutôt que d'aller sur la minuscule plante de tes pieds ?

FIANCÉ, *la secouant.*

Je te demande si tu les as vus ! Est-ce qu'ils sont passés par ici ?

MENDIANTE, *énergique.*

Ils n'y sont pas passés, mais ils descendent de la colline. Tu ne les entends pas ?

FIANCÉ

Non.

MENDIANTE

Est-ce que tu connais le chemin ?

NOVIO

¡Iré, sea como sea!

MENDIGA

Te acompañaré. Conozco esta tierra.

NOVIO, *impaciente.*

¡Pero vamos! ¿Por dónde?

MENDIGA, *dramática.*

¡Por allí!

Salen rápidos. Se oyen lejanos dos violines que expresan el bosque.

Vuelven los Leñadores. Llevan las hachas al hombro. Pasan lentos entre los troncos.

LEÑADOR 1°

¡Ay muerte que sales!
Muerte de las hojas grandes.

LEÑADOR 2°

¡No abras el chorro de la sangre!

LEÑADOR 1°

¡Ay muerte sola!
Muerte de las secas hojas.

LEÑADOR 3°

¡No cubras de flores la boda!

FIANCÉ

Qu'importe, j'y vais !

MENDIANTE

Je viens avec toi. Je connais ce pays.

FIANCÉ, *impatient.*

Alors allons-y ! Par où ?

MENDIANTE, *d'un air dramatique.*

Par là !

Ils sortent rapidement. On entend au loin deux violons qui expriment la forêt. Les Bûcherons reviennent, la hache à l'épaule. Ils passent lentement entre les arbres.

BÛCHERON 1

Ah, la mort, te voilà !
Mort aux grandes feuilles

BÛCHERON 2

N'ouvre pas le flot du sang !

BÛCHERON 1

Ah, mort solitaire !
Mort aux feuilles sèches !

BÛCHERON 3

Ne couvre pas de fleurs la noce !

LEÑADOR 2º

¡Ay triste muerte!
Deja para el amor la rama verde.

LEÑADOR 1º

¡Ay muerte mala!
¡Deja para el amor la verde rama!

Van saliendo mientras hablan. Aparecen Leonardo y la Novia.

LEONARDO

¡Calla!

NOVIA

Desde aquí yo me iré sola.
¡Vete! ¡Quiero que te vuelvas!

LEONARDO

¡Calla, digo!

NOVIA

Con los dientes,
con las manos, como puedas,
quita de mi cuello honrado
el metal de esta cadena,
dejándome arrinconada
allá en mi casa de tierra.
Y si no quieres matarme
como a víbora pequeña,
pon en mis manos de novia
el cañón de la escopeta.
¡Ay, qué lamento, qué fuego

BÛCHERON 2

Ah, triste mort !
Laisse à l'amour sa branche verte.

BÛCHERON 1

Ah, méchante mort !
Laisse à l'amour sa verte branche !

Ils sortent tout en parlant. Leonardo et la Fiancée apparaissent.

LEONARDO

Tais-toi !

FIANCÉE

Maintenant j'irai seule.
Va-t'en ! Je veux que tu t'en retournes.

LEONARDO

Tais-toi, je te dis !

FIANCÉE

Avec les dents,
avec les mains, comme tu pourras,
arrache de mon cou honnête
le métal de cette chaîne
et laisse-moi croupir
là-bas dans ma maison de terre.
Et si tu ne veux pas me tuer
comme une petite vipère,
place entre mes mains de fiancée
le canon de ton fusil.
Ah, quelle plainte, quel feu

me sube por la cabeza!
¡Qué vidrios se me clavan en la lengua!

LEONARDO

Ya dimos el paso; ¡calla!,
porque nos persiguen cerca
y te he de llevar conmigo.

NOVIA

¡Pero ha de ser a la fuerza!

LEONARDO

¿A la fuerza? ¿Quién bajó
primero las escaleras?

NOVIA

Yo las bajé.

LEONARDO

¿Quién le puso
al caballo bridas nuevas?

NOVIA

Yo misma. Verdad.

LEONARDO

¿Y qué manos
me calzaron las espuelas?

NOVIA

Estas manos que son tuyas,
pero que al verte quisieran
quebrar las ramas azules

me montent à la tête !
Quel verre pilé se cloue à ma langue[1] !

LEONARDO

Trop tard, tais-toi !
On nous suit de près
et je dois t'emmener avec moi.

FIANCÉE

Alors ce sera de force !

LEONARDO

De force ? Mais qui a descendu
l'escalier la première ?

FIANCÉE

Oui, c'est moi qui l'ai descendu.

LEONARDO

Qui a mis
au cheval une bride neuve ?

FIANCÉE

Moi-même, c'est vrai.

LEONARDO

Et quelles mains
m'ont chaussé d'éperons ?

FIANCÉE

Ces mains, qui sont à toi,
mais qui en te voyant voudraient
briser les branches bleues

y el murmullo de tus venas.
¡Te quiero! ¡Te quiero! ¡Aparta!
Que si matarte pudiera,
te pondría una mortaja
con los filos de violetas.
¡Ay, qué lamento, qué fuego
me sube por la cabeza!

LEONARDO

¡Qué vidrios se me clavan en la lengua!
Porque yo quise olvidar
y puse un muro de piedra
entre tu casa y la mía.
Es verdad. ¿No lo recuerdas?
Y cuando te vi de lejos
me eché en los ojos arena.
Pero montaba a caballo
y el caballo iba a tu puerta.
Con alfileres de plata
mi sangre se puso negra,
y el sueño me fue llenando
las carnes de mala hierba.
Que yo no tengo la culpa,
que la culpa es de la tierra
y de ese olor que te sale
de los pechos y las trenzas.

NOVIA

¡Ay qué sinrazón! No quiero
contigo cama ni cena,
y no hay minuto del día
que estar contigo no quiera,
porque me arrastras y voy

et le murmure de tes veines.
Je t'aime ! Je t'aime ! Écarte-toi !
Si je pouvais te tuer,
je te mettrais un linceul
aux tranchants de violettes[1].
Ah, quelle plainte, quel feu
me montent à la tête !

LEONARDO

Quel verre pilé se cloue à ma langue !
Car j'ai voulu oublier
en dressant un mur de pierre
entre ta maison et la mienne.
C'est vrai. Tu ne te rappelles pas ?
Et quand je t'ai vue de loin
je me suis jeté du sable dans les yeux.
Mais j'étais à cheval
et le cheval allait à ta porte.
Sous les aiguilles d'argent
noir est devenu mon sang,
et mon sommeil m'a rempli
les chairs de mauvaises herbes.
Ce n'est pas ma faute,
c'est la faute de la terre
et de cette odeur qui sort
de tes seins, de tes tresses.

FIANCÉE

Ah, quelle folie ! Je ne veux de toi
ni de lit ni de table,
mais il n'est de minute ni de jour
que je ne veuille être avec toi.
Car tu m'entraînes et j'accours,

y me dices que me vuelva
y te sigo por el aire
como una brizna de hierba.
He dejado a un hombre duro
y a toda su descendencia
en la mitad de la boda
y con la corona puesta.
Para ti será el castigo
y no quiero que lo sea.
¡Déjame sola! ¡Huye tú!
No hay nadie que te defienda.

LEONARDO

Pájaros de la mañana
por los árboles se quiebran.
La noche se está muriendo
en el filo de la piedra.
Vamos al rincón oscuro,
donde yo siempre te quiera,
que no me importa la gente,
ni el veneno que nos echa.

La abraza fuertemente.

NOVIA

Y yo dormiré a tus pies
para guardar lo que sueñas.
Desnuda, mirando al campo,

(Dramática.)

como si fuera una perra,
¡porque eso soy! Que te miro
y tu hermosura me quema.

tu me dis de m'en aller
et je te suis dans l'air
comme un brin d'herbe.
J'ai laissé un homme dur
et sa famille entière
en plein milieu des noces
et ma fleur d'oranger sur la tête.
Le châtiment sera pour toi
et je ne veux pas qu'il le soit.
Laisse-moi seule ! Enfuis-toi !
Il n'y a personne pour te défendre.

LEONARDO

Les oiseaux du matin
contre les arbres se brisent.
La nuit s'en va mourir
sur le tranchant des pierres.
Allons dans ce coin sombre
où je t'aimerai à jamais,
où plus personne ne m'importe
ni le venin qu'on nous jette.

Il l'étreint fortement.

FIANCÉE

Et moi je dormirai à tes pieds
pour garder en moi tous tes rêves.
Je serai nue, le regard vers les champs,

(D'un air dramatique.)

comme une chienne,
car je le suis ! Je te regarde
et ta beauté me brûle.

LEONARDO

Se abrasa lumbre con lumbre.
La misma llama pequeña
mata dos espigas juntas.
¡Vamos!

La arrastra.

NOVIA

¿Adónde me llevas?

LEONARDO

A donde no puedan ir
estos hombres que nos cercan.
¡Donde yo pueda mirarte!

NOVIA, *sarcástica.*

Llévame de feria en feria,
dolor de mujer honrada,
a que las gentes me vean
con las sábanas de boda
al aire como banderas.

LEONARDO

También yo quiero dejarte
si pienso como se piensa.
Pero voy donde tú vas.
Tú también. Da un paso. Prueba.
Clavos de luna nos funden
mi cintura y tus caderas.

Toda esta escena es violenta, llena de gran sensualidad.

LEONARDO

Le feu s'embrase avec le feu.
La même petite flamme
tue deux épis ensemble.
Partons !

Il l'entraîne.

FIANCÉE

Où m'emmènes-tu ?

LEONARDO

Là où ne pourront aller
ces hommes qui nous encerclent.
Là où je pourrai te contempler !

FIANCÉE, *sarcastique.*

Emmène-moi de foire en foire,
au grand dam des femmes honnêtes,
et que l'on me voie
dressant en l'air mon drap de noce[1],
comme un étendard.

LEONARDO

Moi aussi j'aimerais te laisser
si je pensais comme l'on pense.
Mais non, j'irai où tu iras.
Et toi aussi. Fais un pas. Essaie.
Ma taille et tes reins
sont rivés de clous de lune.

Toute cette scène est violente, pleine d'une grande sensualité.

NOVIA

¿Oyes?

LEONARDO

Viene gente.

NOVIA

¡Huye!
Es justo que yo aquí muera
con los pies dentro del agua,
espinas en la cabeza.
Y que me lloren las hojas,
mujer perdida y doncella.

LEONARDO

Cállate. Ya suben.

NOVIA

¡Vete!

LEONARDO

Silencio. Que no nos sientan.
Tú delante. ¡Vamos, digo!

Vacila la Novia.

NOVIA

¡Los dos juntos!

LEONARDO, *abrazándola.*

¡Como quieras!

FIANCÉE

Tu entends ?

LEONARDO

On vient.

FIANCÉE

Enfuis-toi !
Il est juste que je meure ici,
les pieds dans le ruisseau
et couronnée d'épines.
Pleurée par les feuilles,
femme perdue et vierge.

LEONARDO

Tais-toi. Ils montent.

FIANCÉE

Va-t'en !

LEONARDO

Silence. Qu'on ne nous entende pas.
Toi devant. Allons, je te dis !

La Fiancée hésite.

FIANCÉE

Nous deux ensemble !

LEONARDO, *l'étreignant.*

Comme tu voudras !

Si nos separan, será
porque esté muerto.

NOVIA

Y yo muerta.

Salen abrazados. Aparece la Luna muy despacio. La escena adquiere una fuerte luz azul. Se oyen los dos violines. Bruscamente se oyen dos largos gritos desgarrados y se corta la música de los violines. Al segundo grito aparece la Mendiga y queda de espaldas. Abre el manto y queda en el centro, como un gran pájaro de alas inmensas. La Luna se detiene. El telón baja en medio de un silencio absoluto.

TELÓN

CUADRO ÚLTIMO

Habitación blanca con arcos y gruesos muros. A la derecha y a la izquierda, escaleras blancas. Gran arco al fondo y pared del mismo color. El suelo será también de un blanco reluciente. Esta habitación simple tendrá un sentido monumental de iglesia. No habrá ni un gris, ni una sombra, ni siquiera lo preciso para la perspectiva.

Dos Muchachas vestidas de azul oscuro están devanando una madeja roja.

Si l'on nous sépare, c'est
que je serai mort.

FIANCÉE

Et que je serai morte.

Ils sortent, enlacés. La Lune apparaît, très lentement. La scène est baignée d'une forte lumière bleue. On entend les deux violons. Et puis brusquement deux longs cris déchirants. La musique des violons s'interrompt. Au second cri la Mendiante apparaît et se tient de dos. Elle ouvre sa cape et demeure au milieu comme un grand oiseau aux ailes immenses[1]*. La Lune s'arrête. Le rideau tombe dans un silence absolu.*

RIDEAU.

DERNIER TABLEAU

Chambre blanche en arceaux aux murs épais. À droite et à gauche, des escaliers blancs. Grand arc au fond et mur de même couleur. Le sol sera aussi d'un blanc éclatant. Cette pièce toute simple doit avoir un air monumental d'église. Il n'y aura ni gris, ni ombre, ni même de perspective.

Deux Jeunes Filles vêtues de bleu sombre dévident un écheveau[2] *de laine rouge.*

MUCHACHA 1ª

Madeja, madeja,
¿qué quieres hacer?

MUCHACHA 2ª

Jazmín de vestido,
cristal de papel.
Nacer a las cuatro,
morir a las diez.
Ser hilo de lana,
cadena a tus pies
y nudo que apriete
amargo laurel.

NIÑA, *cantando.*

¿Fuiste a la boda?

MUCHACHA 1ª

No.

NIÑA

¡Tampoco fui yo!
¿Qué pasaría
por los tallos de la viña?
¿Qué pasaría
por el ramo de la oliva?
¿Qué pasó
que nadie volvió?
¿Fuiste a la boda?

MUCHACHA 2ª

Hemos dicho que no.

JEUNE FILLE 1

Écheveau, écheveau,
que veux-tu faire ?

JEUNE FILLE 2

Robe de jasmin
et papier cristal.
Naître à quatre heures
et mourir à dix.
Être fil de laine,
chaîne à tes pieds
et nœud qui serre
l'amer laurier.

FILLETTE, *chantant.*

Êtes-vous allées aux noces ?

JEUNE FILLE 1

Non.

FILLETTE

Et moi non plus !
Qu'est-il arrivé
entre les plants de vigne ?
Qu'est-il arrivé
aux rameaux d'olivier ?
Que se passe-t-il
si personne ne revient ?
Êtes-vous allées aux noces ?

JEUNE FILLE 2

On t'a dit que non.

NIÑA, *yéndose.*

¡Tampoco fui yo!

MUCHACHA 2ª

Madeja, madeja,
¿qué quieres cantar?

MUCHACHA 1ª

Heridas de cera,
dolor de arrayán.
Dormir la mañana,
de noche velar.

NIÑA, *en la puerta.*

El hilo tropieza
con el pedernal.
Los montes azules
lo dejan pasar.
Corre, corre, corre,
y al fin llegará
a poner cuchillo
y a quitar el pan.

Se va.

MUCHACHA 2ª

Madeja, madeja,
¿qué quieres decir?

MUCHACHA 1ª

Amante sin habla.
Novio carmesí.

FILLETTE, *s'en allant.*

Et moi non plus !

JEUNE FILLE 2

Écheveau, écheveau,
que veux-tu chanter ?

JEUNE FILLE 1

Blessures de cire,
douleur de myrte.
Le matin dormir,
veiller la nuit.

FILLETTE, *à la porte.*

Le fil trébuche
sur le silex.
La montagne bleue
le laisse passer.
Il court, il court,
et parviendra enfin
à planter le couteau
et à voler le pain.

Elle s'en va.

JEUNE FILLE 2

Écheveau, écheveau,
que veux-tu dire ?

JEUNE FILLE 1

Amant sans parole.
Fiancé cramoisi.

Por la orilla muda
tendidos los vi.

Se detiene mirando la madeja.

NIÑA, *asomándose a la puerta.*

Corre, corre, corre,
el hilo hasta aquí.
Cubiertos de barro
los siento venir.
¡Cuerpos estirados,
paños de marfil!

Se va. Aparecen la Mujer y la Suegra de Leonardo. Llegan angustiadas.

MUCHACHA 1ª

¿Vienen ya?

SUEGRA, *agria.*

No sabemos.

MUCHACHA 2ª

¿Qué contáis de la boda?

MUCHACHA 1ª

Dime.

SUEGRA, *seca.*

Nada.

MUJER

Quiero volver para saberlo todo.

Sur la rive muette
je les ai vus couchés.

Elle s'arrête en regardant l'écheveau.

FILLETTE, *apparaissant à la porte.*

Il court, il court,
le fil jusqu'ici.
Couverts de boue
je les entends venir.
Corps étalés,
linceuls d'ivoire !

Elle s'en va. La Femme et la Belle-Mère de Leonardo surgissent, angoissées.

JEUNE FILLE 1

Viennent-ils enfin ?

BELLE-MÈRE, *acide.*

On ne sait pas.

JEUNE FILLE 2

Parlez-nous des noces.

JEUNE FILLE 1

Raconte.

BELLE-MÈRE, *sèchement.*

Rien.

FEMME

Je veux retourner pour tout savoir.

SUEGRA, *enérgica.*

Tú, a tu casa.
Valiente y sola en tu casa.
A envejecer y a llorar.
Pero la puerta cerrada.
Nunca. Ni muerto ni vivo.
Clavaremos las ventanas.
Y vengan lluvias y noches
sobre las hierbas amargas.

MUJER

¿Qué habrá pasado?

SUEGRA

No importa.
Échate un velo en la cara.
Tus hijos son hijos tuyos
nada más. Sobre la cama
pon una cruz de ceniza
donde estuvo su almohada.

Salen.

MENDIGA, *a la puerta.*

Un pedazo de pan, muchachas.

NIÑA

¡Vete!

Las Muchachas se agrupan.

MENDIGA

¿Por qué?

BELLE-MÈRE, *énergique.*

Toi, va chez toi.
Courageuse et seule dans ta maison.
Vieillir et pleurer,
mais la porte close.
Jamais. Ni mort ni vif.
On clouera les fenêtres.
Et que pleuvent les nuits
sur les herbes amères[1].

FEMME

Qu'a-t-il pu se passer ?

BELLE-MÈRE

Qu'importe !
Couvre d'un voile ton visage.
Tes fils sont tes fils,
voilà tout. Sur le lit
pose une croix de cendre
là où fut son oreiller.

Elles sortent.

MENDIANTE, *à la porte.*

Un bout de pain, par pitié.

FILLETTE

Va-t'en !

Les Jeunes Filles se regroupent.

MENDIANTE

Pourquoi ?

NIÑA

Porque tú gimes: vete.

MUCHACHA 1ª

¡Niña!

MENDIGA

¡Pude pedir tus ojos! Una nube
de pájaros me sigue; ¿quieres uno?

NIÑA

¡Yo me quiero marchar!

MUCHACHA 2ª, *a la Mendiga.*

¡No le hagas caso!

MUCHACHA 1ª

¿Vienes por el camino del arroyo?

MENDIGA

Por allí vine.

MUCHACHA 1ª, *tímida.*

¿Puedo preguntarte?

MENDIGA

Yo los vi; pronto llegan: dos torrentes
quietos al fin entre las piedras grandes,
dos hombres en las patas del caballo.
Muertos en la hermosura de la noche.

(Con delectación.)

Muertos, sí, muertos.

FILLETTE

Parce que tu te plains : va-t'en.

JEUNE FILLE 1

Petite !

MENDIANTE

Je pouvais demander tes yeux ! Une nuée d'oiseaux me suit : en veux-tu un ?

FILLETTE

Je veux m'en aller !

JEUNE FILLE 2, *à la Mendiante.*

Ne l'écoute pas !

JEUNE FILLE 1

Tu es arrivée par le chemin du ruisseau ?

MENDIANTE

Je suis venue par là !

JEUNE FILLE 1, *timide.*

Je peux te poser une question ?

MENDIANTE

Je les ai vus ; ils seront bientôt là : deux torrents
paisibles enfin entre les grosses pierres,
deux hommes aux pieds du cheval.
Morts dans la beauté de la nuit.

(Avec délectation.)

Morts, oui, morts.

MUCHACHA 1ª

¡Calla, vieja, calla!

MENDIGA

Flores rotas los ojos, y sus dientes
dos puñados de nieve endurecida.
Los dos cayeron, y la novia vuelve
teñida en sangre falda y cabellera.
Cubiertos con dos mantas ellos vienen
sobre los hombros de los mozos altos.
Así fue; nada más. Era lo justo.
Sobre la flor del oro, sucia arena.

Se va. Las Muchachas inclinan la cabeza y rítmicamente van saliendo.

MUCHACHA 1ª

Sucia arena.

MUCHACHA 2ª

Sobre la flor del oro.

NIÑA

Sobre la flor del oro
traen a los novios del arroyo.
Morenito el uno,
morenito el otro.
¡Qué ruiseñor de sombra vuela y gime
sobre la flor del oro!

Se va. Queda la escena sola. Aparece la Madre con una Vecina. La Vecina viene llorando.

JEUNE FILLE 1

Tais-toi, vieille, tais-toi !

MENDIANTE

Fleurs brisées leurs yeux, et leurs dents
deux poignées de neige durcie.
Tous deux tombés, et la fiancée arrive
robe et cheveux tachés de sang.
Sous des couvertures ils reviennent
sur les épaules des garçons.
Ainsi fait, rien de plus. C'est justice.
Sur la fleur de l'or, sale est le sable.

Elle part. Les Jeunes Filles s'en vont, la tête basse, en cadence.

JEUNE FILLE 1

Sale est le sable.

JEUNE FILLE 2

Sur la fleur de l'or.

FILLETTE

Sur la fleur de l'or
on ramène les morts du ruisseau.
Brun est l'un,
brun est l'autre.
Quel rossignol d'ombre vole et piaule
sur la fleur de l'or !

Elle s'en va. La scène reste vide. La Mère apparaît avec une Voisine. La Voisine est en larmes.

MADRE

Calla.

VECINA

No puedo.

MADRE

Calla, he dicho. *(En la puerta.)* ¿No hay nadie aquí? *(Se lleva las manos a la frente.)* Debía contestarme mi hijo. Pero mi hijo es ya un brazado de flores secas. Mi hijo es ya una voz oscura detrás de los montes. *(Con rabia, a la Vecina.)* ¿Te quieres callar? No quiero llantos en esta casa. Vuestras lágrimas son lágrimas de los ojos nada más, y las mías vendrán cuando yo esté sola, de las plantas de los pies, de mis raíces, y serán más ardientes que la sangre.

VECINA

Vente a mi casa; no te quedes aquí.

MADRE

Aquí. Aquí quiero estar. Y tranquila. Ya todos están muertos. A medianoche dormiré, dormiré sin que ya me aterren la escopeta o el cuchillo. Otras madres se asomarán a las ventanas, azotadas por la lluvia, para ver el rostro de sus hijos. Yo, no. Yo haré con mi sueño una fría paloma de marfil que lleve camelias de escarcha sobre el camposanto. Pero no; camposanto, no, camposanto, no; lecho de tierra, cama que los cobija y que los mece por el cielo.

MÈRE

Tais-toi.

VOISINE

Je ne peux pas.

MÈRE

J'ai dit tais-toi. (*À la porte.*) Il n'y a personne ici ? (*Elle porte les mains à son front.*) Mon fils devait me répondre. Mais mon fils n'est plus qu'une brassée de fleurs sèches. Mon fils n'est plus qu'une voix obscure derrière la montagne. (*Rageusement, à la Voisine.*) Veux-tu te taire ? Je ne veux pas qu'on pleure dans cette maison. Vos larmes sont des larmes des yeux rien de plus. Mes larmes à moi, quand je serai seule[1], monteront de la plante de mes pieds, de mes racines, et elles seront plus ardentes que le sang.

VOISINE

Viens chez moi, ne reste pas ici.

MÈRE

Ici. C'est ici que je veux être. Et en paix. Ils sont tous morts maintenant. À minuit je dormirai, je dormirai sans plus jamais être terrifiée par les fusils ou le couteau. D'autres mères se pencheront aux fenêtres, fouettées par la pluie, pour voir le visage de leurs fils. Moi non. Je ferai de mon rêve une froide colombe d'ivoire apportant des camélias de givre au cimetière. Mais non, pas au cimetière, pas le cimetière : un lit de terre, une couche qui les protège et les berce au ciel.

Entra una Mujer de negro que se dirige a la derecha y allí se arrodilla.

(A la Vecina.) Quítate las manos de la cara. Hemos de pasar días terribles. No quiero ver a nadie. La tierra y yo. Mi llanto y yo. Y estas cuatro paredes. ¡Ay! ¡Ay!

Se sienta transida.

VECINA

Ten caridad de ti misma.

MADRE, *echándose el pelo hacia atrás.*

He de estar serena. *(Se sienta.)* Porque vendrán las vecinas y no quiero que me vean tan pobre. ¡Tan pobre! Una mujer que no tiene un hijo siquiera que poderse llevar a los labios.

Aparece la Novia. Viene sin azahar y con un manto negro.

VECINA, *viendo a la Novia, con rabia.*

¿Dónde vas?

NOVIA

Aquí vengo.

MADRE, *a la Vecina.*

¿Quién es?

Une Femme en noir apparaît sur la droite et s'agenouille.

(*À la Voisine.*) Écarte les mains de ton visage. On va vivre des jours terribles. Je ne veux voir personne. La terre et moi. Mes pleurs et moi. Et ces quatre murs. Ah ! Ah !

Elle s'assied, tremblant de froid.

VOISINE

Aie pitié de toi.

MÈRE, *rejetant ses cheveux en arrière.*

Je dois rester calme. (*Elle s'assied.*) Les voisines vont venir et je ne veux pas qu'elles me voient si misérable. Si misérable ! Une femme qui n'a pas même un enfant à porter à ses lèvres.

La Fiancée apparaît. Elle n'a plus sa couronne de fleurs d'oranger et elle porte un voile noir.

VOISINE, *regardant la Fiancée avec rage.*

Où vas-tu ?

FIANCÉE

Je viens ici.

MÈRE, *à la Voisine.*

Qui est-ce ?

VECINA

¿No la reconoces?

MADRE

Por eso pregunto quién es. Porque tengo que reconocerla, para no clavarla mis dientes en el cuello. ¡Víbora! *(Se dirige hacia la Novia con ademán fulminante; se detiene. A la Vecina.)* ¿La ves? Está ahí, y está llorando, y yo quieta, sin arrancarle los ojos. No me entiendo. ¿Será que yo no quería a mi hijo? Pero ¿y su honra? ¿Dónde está su honra?

Golpea a la Novia. Ésta cae al suelo.

VECINA

¡Por Dios!

Trata de separarlas.

NOVIA, *a la Vecina.*

Déjala; he venido para que me mate y que me lleven con ellos. *(A la Madre.)* Pero no con las manos; con garfios de alambre, con una hoz, y con fuerza, hasta que se rompa en mis huesos. ¡Déjala! Que quiero que sepa que yo soy limpia, que estaré loca, pero que me pueden enterrar sin que ningún hombre se haya mirado en la blancura de mis pechos.

MADRE

Calla, calla; ¿qué me importa eso a mí?

VOISINE

Tu ne la reconnais pas ?

MÈRE

C'est pour ça que je demande qui est-ce. Non, je ne veux pas la reconnaître, pour ne pas lui planter mes dents sur son cou. Vipère ! (*Elle se dirige vers la Fiancée d'un geste foudroyant, puis s'arrête. À la Voisine.*) Tu la vois ? Elle est là et elle pleure, et moi je reste calme sans lui arracher les yeux. Je ne comprends pas. Est-ce que je n'aimais pas mon fils ? Mais, son honneur, où est son honneur ?

Elle frappe la Fiancée, qui tombe à terre.

VOISINE

Mon Dieu, arrête !

Elle essaie de les séparer.

FIANCÉE, *à la Voisine.*

Laisse-la ; je suis venue pour qu'elle me tue et qu'on m'emmène avec eux. (*À la Mère.*) Mais pas avec les mains, avec des crochets de fer, avec une faux et avec force, jusqu'à briser mes os. Laisse-la frapper. Je veux qu'elle sache que je suis pure, que je suis peut-être folle, mais qu'on pourra m'enterrer sans qu'aucun homme ne se soit jamais regardé dans la blancheur de mes seins.

MÈRE

Tais-toi, tais-toi, qu'est-ce que j'en ai à faire ?

NOVIA

¡Porque yo me fui con el otro, me fui! *(Con angustia.)* Tú también te hubieras ido. Yo era una mujer quemada, llena de llagas por dentro y por fuera, y tu hijo era un poquito de agua de la que yo esperaba hijos, tierra, salud; pero el otro era un río oscuro, lleno de ramas, que acercaba a mí el rumor de sus juncos y su cantar entre dientes. Y yo corría con tu hijo que era como un niñito de agua, frío, y el otro me mandaba cientos de pájaros que me impedían el andar y que dejaban escarcha sobre mis heridas de pobre mujer marchita, de muchacha acariciada por el fuego. Yo no quería, ¡óyelo bien!; yo no quería, ¡óyelo bien!, yo no quería. ¡Tu hijo era mi fin y yo no lo he engañado, pero el brazo del otro me arrastró como un golpe de mar, como la cabezada de un mulo, y me hubiera arrastrado siempre, siempre, siempre, aunque hubiera sido vieja y todos los hijos de tu hijo me hubiesen agarrado de los cabellos!

Entra una Vecina.

MADRE

Ella no tiene la culpa, ¡ni yo! *(Sarcástica.)* ¿Quién la tiene, pues? ¡Floja, delicada, mujer de mal dormir es quien tira una corona de azahar para buscar un pedazo de cama calentado por otra mujer!

FIANCÉE

Parce que je suis partie avec l'autre, oui, je suis partie ! (*Angoissée.*) Toi aussi tu serais partie. Moi j'étais une femme brûlée, pleine de plaies au corps, dedans, dehors, et ton fils était un peu de cette eau dont j'attendais enfants, terre et santé. Mais l'autre était un fleuve obscur, couvert de branches, qui me grisait de la rumeur de ses joncs et de son chant entre ses dents. Et moi je courais avec ton fils qui était comme un petit enfant d'eau froide quand l'autre m'envoyait des centaines d'oiseaux qui entravaient ma marche et me laissaient du givre sur mes blessures de pauvre femme desséchée, de fille caressée par le feu. Je ne voulais pas, tu m'entends ? Je ne voulais pas. Ton fils était mon port d'attache et je ne l'ai pas trompé, mais le bras de l'autre m'a entraînée comme une grosse vague, comme la crinière d'un mulet, et il m'aurait traînée, toujours, toujours, même si j'avais été vieille et que tous les fils de ton fils s'étaient accrochés à mes cheveux.

Une Voisine entre.

MÈRE

Ce n'est pas sa faute, ni la mienne ! (*Sarcastique.*) Alors c'est la faute de qui ? Faible et frêle, c'est une femme de mauvaise nuit qui jette sa fleur d'oranger pour chercher un coin de lit chauffé par une autre femme !

NOVIA

¡Calla, calla! Véngate de mí; ¡aquí estoy! Mira que mi cuello es blando; te costará menos trabajo que segar una dalia de tu huerto. Pero ¡eso no! Honrada, honrada como una niña recién nacida. Y fuerte para demostrártelo. Enciende la lumbre. Vamos a meter las manos; tú por tu hijo; yo, por mi cuerpo. Las retirarás antes tú.

Entra otra Vecina.

MADRE

Pero ¿qué me importa a mí tu honradez? ¿Qué me importa tu muerte? ¿Qué me importa a mí nada de nada? Benditos sean los trigos, porque mis hijos están debajo de ellos; bendita sea la lluvia, porque moja la cara de los muertos. Bendito sea Dios, que nos tiende juntos para descansar.

Entra otra Vecina.

NOVIA

Déjame llorar contigo.

MADRE

Llora. Pero en la puerta.

Entra la Niña. La Novia queda en la puerta. La Madre, en el centro de la escena.

FIANCÉE

Tais-toi, tais-toi ! Venge-toi de moi : me voici ! Vois comme mon cou est tendre, tu auras moins de mal qu'à faucher un dahlia de ton jardin. Mais ça non ! Je suis honnête et pure comme l'enfant qui vient de naître. Et assez forte pour te le prouver. Allume le feu et nous y mettrons nos mains : toi pour ton fils, moi pour mon corps. Je ne crains pas l'épreuve[1], tu retireras ta main la première.

Une autre Voisine entre.

MÈRE

Mais que m'importe ton honnêteté ? Que m'importe ta mort ? Plus rien ne m'importe. Bénis soient les blés, parce que mes fils sont dessous, et bénie soit la pluie qui mouille le visage des morts. Béni soit Dieu, qui nous met tous en terre et nous accorde le repos.

Une autre Voisine entre.

FIANCÉE

Laisse-moi pleurer avec toi.

MÈRE

Pleure. Mais à la porte.

La Fillette entre. La Fiancée reste à la porte. La Mère, au centre de la scène.

MUJER, *entrando y dirigiéndose a la izquierda.*

Era hermoso jinete,
y ahora montón de nieve.
Corría ferias y montes
y brazos de mujeres.
Ahora, musgo de noche
le corona la frente.

MADRE

Girasol de tu madre,
espejo de la tierra.
Que te pongan al pecho
cruz de amargas adelfas;
sábana que te cubra
de reluciente seda;
y el agua forme un llanto
entre tus manos quietas.

MUJER

¡Ay, que cuatro muchachos
llegan con hombros cansados!

NOVIA

¡Ay, que cuatro galanes
traen a la muerte por el aire!

MADRE

Vecinas.

NIÑA, *en la puerta.*

Ya los traen.

FEMME, *entrant et se dirigeant vers la gauche.*

C'était un beau cavalier,
et maintenant tas de neige.
Il courait les foires et les bois
et les bras des femmes.
Maintenant, la mousse de la nuit
couronne son front.

MÈRE

Tournesol de ta mère,
miroir de la terre.
Qu'on pose sur ta poitrine
une croix d'amers lauriers ;
qu'on te couvre d'un drap
de soie étincelante,
et que l'eau fonde en larmes
entre tes mains rigides.

FEMME

Hélas, quatre garçons viennent
les épaules lourdes !

FIANCÉE

Hélas, quatre beaux gars
tenant la mort en l'air !

FEMME

Voisines !

FILLETTE, *à la porte.*

On les ramène.

MÈRE

Toujours pareil,
la croix, la croix.

FEMMES

Douceur des clous,
douce croix,
doux nom
de Jésus-Christ.

MÈRE

Que la croix protège les vivants et les morts.
Voisines, avec un couteau,
un tout petit couteau,
le jour venu, entre deux et trois heures,
deux hommes se sont tués d'amour.
Avec un couteau,
un tout petit couteau
qui tient à peine dans la main,
mais qui pénètre finement
dans les chairs stupéfaites,
et se fiche à l'endroit
où tremble et s'étire
l'obscure racine du cri.

FIANCÉE

Et c'est un couteau,
un tout petit couteau
qui tient à peine dans la main ;
poisson sans écailles ni ruisseau,
pour que le jour venu, entre deux et trois heures,
avec ce couteau

se queden dos hombres duros
con los labios amarillos.

MADRE

Y apenas cabe en la mano,
pero que penetra frío
por las carnes asombradas
y allí se para, en el sitio
donde tiembla enmarañada
la oscura raíz del grito.

Las Vecinas, arrodilladas en el suelo, lloran.

TELÓN

gisent deux rudes hommes
aux lèvres jaunes.

MÈRE

Il tient à peine dans la main,
mais il pénètre froidement
dans les chairs stupéfaites
et se fiche à l'endroit
où tremble et s'étire
l'obscure racine du cri.

Les Voisines s'agenouillent et pleurent.

RIDEAU.

NOTES

Page 17.

1. Lorca nommera les Fiancés *Novio* (« Fiancé ») et *Novia* (« Fiancée »), sans distinguer avant et après le mariage. C'est l'usage en Espagne et nous avons respecté cette façon de dire, qui conserve aux protagonistes leur qualité initiale et essentielle. C'est pourquoi l'on parlera au long de la pièce de Fiancée, Fiancé, Fiancés. Notons, par ailleurs, qu'ici le mariage ne sera jamais consommé. On remarquera aussi que dans le fait divers dont s'est inspiré le dramaturge la Fiancée s'enfuit avant la bénédiction nuptiale, sans accéder au statut de « nouvelle mariée ».

Page 21.

1. Le mot « couteau » apparaît dès la cinquième réplique du Fiancé. La Mère va s'emparer du mot et lui donner toute sa transcendance tragique. Du mot *navaja* utilisé par son fils, la Mère, après l'avoir utilisé deux fois à son tour, va passer à celui de *cuchillo* – tous deux étant strictement synonymes en espagnol –, et *cuchillo* apparaîtra encore dans l'ultime dialogue entre la Fiancée et la Mère.

Page 23.

1. Dans la version originale, le fils vouvoie sa mère. Afin de rendre le dialogue entre un fils et sa mère en milieu rural plus accessible, le traducteur a choisi le tutoiement.

2. « Ou s'il revient, il faut couvrir son corps de vin de palme et de gros sel pour qu'il ne gonfle pas » : rite funéraire des plus anciens. On sait que les Égyptiens répandaient déjà sur le corps du défunt du vin de palme et du gros sel pour assurer sa conservation.

3. L'« œillet » est, pour Lorca, la fleur qui symbolise la virilité. Dans son poème « Mort d'Antoñito el Camborio », du *Romancero gitan*, il qualifie le beau Gitan de « *clavel varonil* » (« œillet viril »).

Page 25.

1. Le « bagne » espagnol se trouvait à Melilla, possession espagnole au Maroc, et s'appelait *Presidio de Melilla*. Le texte original parle constamment de « *presidio* ».

Page 27.

1. « Pampres » est un mot qu'affectionne Lorca, d'autant qu'en espagnol, avec son accent sur l'antépénultième syllabe (ce que l'on appelle *esdrújulo*), le mot *pámpanos* est chargé de séduction et de sens symbolique : il suffit de rappeler qu'un des personnages de sa pièce *Le Public* s'appelle « Le Personnage aux pampres », et qu'il renvoie, certes, à Bacchus tel qu'un Vélasquez a pu le représenter, la tête couronnée de pampres (*Le Triomphe de Bacchus*). Indéniablement, ce mot est, ici comme là, chargé d'érotisme, et c'est pourquoi la réplique de la Mère est ironique : que ferait une vieille femme sous les pampres, alors que la jeune fiancée de son fils, elle, est promise à l'amour, à la profusion des vignes ?

Page 37.

1. « On habite si loin » : l'éloignement est un élément dramatique clé de la pièce. Tous les personnages sont isolés, cloisonnés, solitaires. Cet enfermement de chacun d'eux trouve son apothéose dans *La Maison de Bernarda Alba.* Quelques répliques plus tard, la Voisine précisera la situation de la Fiancée : « [...] elle vit seule avec son père là-bas, très loin, à dix lieues de la maison la plus proche. Mais c'est une brave fille. Habituée à la solitude. »

Page 45.

1. Alors que tous les personnages sont nommés selon leur fonction et leur rôle dans cette tragédie, seul le personnage du premier fiancé apparaît sous son prénom et son nom : Leonardo Félix ; il est vrai qu'il est le moteur de la pièce, celui par qui et pour qui le sang est répandu.

Page 49.

1. Lorca utilise ici une très vieille berceuse espagnole, une *nana* (*nana, niño, nana*), qu'il harmonise lui-même – selon un procédé qui lui fera adopter et réactualiser tout un pan du folklore espagnol : emprunt créatif plutôt que plagiat – en y introduisant la prémonition de la tragédie sanglante. Marcelle Auclair, amie de Lorca, se souvient de l'avoir entendu fredonner une de ces berceuses, peu avant d'écrire sa pièce, et elle cite cette *nana* andalouse qui parle de « celui / qui emmena son cheval à l'eau / et le ramena sans le faire boire » [*aquel / que llevó el caballo al agua / y lo dejó sin beber*], *Enfances et mort de García Lorca,* Seuil, 1968, p. 307.

2. Première apparition du « cheval », qui jouera un si grand rôle dans cette pièce. La berceuse, qui recueille là une vieille complainte andalouse et se plaît, comme les berceuses, contes et comptines, au légendaire et au mythique, campe ici un coursier frustré qui refuse de

boire l'eau. Leonardo, cavalier marié contre son gré, cherchera, dans le galop furieux de son cheval, à suivre son désir et à apaiser sa soif d'une autre eau, d'une autre femme.

Page 57.

1. Dès sa troisième réplique, Leonardo parle de son cheval fougueux et de ses fers arrachés. Le dramatisme intervient donc aussitôt. Le cheval, chez Lorca, et tout particulièrement ici, est lié au sexe et à la mort.

Page 73.

1. « *Intérieur de la grotte* » : l'Andalousie conserve, dans la région de Guadix, à soixante kilomètres de Grenade, quelque deux mille grottes, creusées probablement par les Morisques après la prise de Grenade en 1492, et Lorca se souvient ici de cet habitat. Par ailleurs, à Grenade même, les Gitans du quartier de Sacromonte habitaient encore dans d'anciennes grottes troglodytes creusées sur la colline en face de l'Alhambra.

Page 79.

1. L'« alfa », appelé aussi sparte, est une plante herbacée qui pousse dans l'Ouest méditerranéen et en milieu aride. Le mot est d'origine arabe (cette plante est abondante en Afrique du Nord). Elle pousse en touffes formant de vastes nappes qui démentent l'aridité du sol et constituent une réelle richesse agricole : ses graines germées sont comestibles, la plante sert de fourrage pour les chevaux et, surtout, les fibres d'alfa sont utilisées dans l'industrie du papier et la fabrication des cordages ; on en fait aussi des paniers, des couffins, voire des tapis.

Page 83.

1. La Fiancée est, certes, une jeune fille accomplie, qui se prête aux travaux domestiques (le ménage, la

broderie), mais elle a aussi du caractère et de la force, capable qu'elle est de rivaliser avec un homme. Lorca, qui se plaît à l'inversion des genres, tient à nous présenter ici, en contrepoint d'un Fiancé doux, soumis à sa mère et quelque peu féminin, une Fiancée qui, à l'évidence, a un caractère viril. Les interprétations psychanalytiques de la pièce n'ont pas manqué, notamment dans l'article de Maurice Molho (*Europe*, n°s 616-617, août-septembre 1980, p. 101-112). La Fiancée le prouvera à l'issue du sacrement en rompant les nœuds du mariage (n'est-ce pas là « couper une corde avec ses dents », comme l'écrit le dramaturge ?) et en sautant en croupe sur le cheval de Leonardo.

Page 89.

1. « Un homme, des enfants et pour le reste un mur de deux mètres d'épaisseur » : l'enfermement va avec le mariage. La Mère annonce le personnage de Bernarda Alba dont la maison a aussi des murs épais et une clôture infranchissable où elle tient cloîtrées ses filles.

Page 91.

1. « Il n'en boit jamais » : on remarquera que la Mère répond à la place de son Fils, en somme privé de vin – d'ivresse des sens ? Et pourtant, à la première scène de la pièce, le Fiancé réclamait à sa mère un couteau, disait-il, pour couper une grappe de raisin. C'était là son seul acte de courage et d'indépendance. Il n'ira pas plus loin.

2. « Quand je te quitte je sens un grand arrachement et comme un nœud dans la gorge » : cette réplique illustre la psychologie infantile du Fiancé : il est attaché à sa Fiancée comme aux basques de sa Mère. La quitter c'est, dit l'original, un « *despego* », un arrachement, mais, étymologiquement, cela signifie un « décollement » : il est collé à elle comme il colle aux jupes maternelles. Et la réplique qui suit de la jeune fille montre bien qu'elle entend être pour lui un substitut de sa mère.

Page 93.

1. Il nous a semblé que cet « Adieu » traduisait mieux l'« *Adiós* » espagnol que le banal « Au revoir » : le ton doit rester tragique, et l'on sait bien que la mort est au bout.

Page 97.

1. « Tu as plus de force qu'un homme » : confirmation du caractère viril de la Fiancée ; Lorca tient à le marquer clairement. À la réplique suivante, la Fiancée dit qu'elle aurait bien aimé être un homme : il y a donc eu, dans son cas, erreur génétique, aberration sexuelle, et nous sommes bien là dans un discours homosexuel, tel qu'il s'épanouit dans la pièce « maudite » : *Le Public.*

Page 103.

1. Comme dans *La Maison de Bernarda Alba,* la chaleur extrême est un élément moteur de la pièce, exacerbant les sens, chargé d'érotisme, déterminant le destin. À l'instar du soleil dans *L'Étranger* de Camus, la chaleur entraîne l'aliénation des personnages, qui se retrouvent « agis » et irrémédiablement poussés vers leur sort tragique.

Page 107.

1. Les servantes du théâtre de Lorca sont volontiers fortes en gueule, avec un langage direct et cru, en parfait contrepoint du comportement des jeunes filles tenues à la modestie. Ce sont, comme chez Molière, des Dorine, mais à la façon espagnole et paysanne.

2. « La fleur d'oranger », qu'on plaçait sur la tête de la mariée, était le symbole de sa virginité. Autrefois, l'expression « fleur d'oranger » était synonyme d'hymen. Une opérette française, *La Mascotte* (Edmond Audran, 1880), tout entière fondée sur la virginité de la jeune fille, garante de son pouvoir de porter bonheur, a popularisé ce sens (ainsi le vieux barbon chante : « Mais...

pour Bettina pas de danger / Lui ravir sa fleur d'oranger / J'en suis tout à fait incapable »).

Page 111.

1. *Corona*, littéralement couronne. Il s'agit du bouquet de fleurs d'oranger qu'arbore toute mariée au jour de ses noces. Cette antique tradition était fort vivace en Espagne.

Page 113.

1. « Éveille-toi, la fiancée… » : cet épithalame, entamé par la Servante, repris plus loin par les invités, contraste d'un bout à l'autre du tableau avec les gestes furieux de la Fiancée et le dialogue aigre et acrimonieux qu'elle échange avec Leonardo, son ancien fiancé. Cette opposition entre la joie des couplets célébrant les noces et l'amertume des comparses s'inscrit dans la tradition théâtrale espagnole, telle qu'elle s'exprimait au Siècle d'or dans l'esthétique baroque que l'on appelait la *contraposición* – le contrepoint – et qu'on nommera plus tard le mélange des genres, cher à Victor Hugo.

Page 119.

1. « C'est vrai qu'une paire de bœufs et une méchante cabane c'est presque rien, voilà la vérité » : l'aspect social de la pièce est ici souligné, comme dans tout le théâtre paysan de Lorca : ses paysans n'admettent pas de mésalliance, et malheur à celui qui n'a pas d'héritage et de richesse de terre. Dès lors, la passion, le feu amoureux, l'insoutenable légèreté de l'être seront l'élément justicier de ce déséquilibre fondamental de la société rurale andalouse.

Page 129.

1. Au milieu de ces chants de mariage, la Servante fait intervenir la « Lune », cet élément néfaste qui, à l'avant-dernier tableau, inondera la scène et, en éclairant la

cible, déterminera l'issue tragique. Dans le chœur joyeux des jeunes filles, elle est la seule à avoir assisté à la scène passionnelle entre Leonardo et la Fiancée, et sait donc que tout ne peut qu'aller mal.

Page 131.

1. « Cédrats » : dans le texte, le mot espagnol est *toronjil*, la citronnelle. Le poète est obsédé par la poésie de ce mot, par exemple dans le poème des *Suites* : « *En el jardín de las toronjas de luna* ». Sans doute faut-il comprendre ici que cette odeur entêtante de citronnelle, par sa vertu peut-être aphrodisiaque, empêche la Fiancée de dormir. La *toronja* est le pamplemousse, mais l'on comprendra tout ce qui sépare ce mot ronflant du délicat *toronjil*, que l'on peut traduire par « lime » ou par « cédrat ».

Page 135.

1. « Ah, la chance de ma fille » : le discours de la Servante reste ambigu. Elle dit que cette dernière est « pleine de chance » (*dichosa* en espagnol), mais en parlant de chance, autrement dit de hasard et tout en formulant un vœu, elle semble redouter – ou annoncer – l'adversité du sort. Le « Ah » – *Ay* en espagnol – est une exclamation allusive de plainte ou de lamentation.

Page 137.

1. « Comme un taureau, la noce / lève la tête » : cette audacieuse métaphore qui compare l'arrivée de la noce à un taureau qui lève la tête, en sortant du toril, ne peut qu'évoquer la prochaine mise à mort.

Page 139.

1. « Pourquoi as-tu mis ces chaussures » : on ignore leur couleur. Lorca a négligé de l'indiquer en didascalie. Dans la logique de la tragédie, on pourrait penser que ce sont des chaussures jaunes.

Page 141.

1. « De n'entendre d'autre voix que la tienne » : on se souviendra d'une réplique précédente où la Fiancée disait que la voix de Leonardo, irrésistiblement, l'entraînait. De là cette résolution si ferme.

Page 145.

1. « Sombre est le voile / de sa mantille » : systématiquement, la Servante ajoute à l'épithalame joyeux des Jeunes Filles cette note dramatique, cette prémonition funeste. Lorsque le cortège se met en marche, elle se met à pleurer.

Page 149.

1. Cette roue est tout à la fois la roue du moulin – de la noria – qui fait monter et couler l'eau, et la roue de la fortune qui commande le destin : la joie des noces cédera bientôt la place à la sanglante tragédie. Qu'annonce, aux vers suivants, ce « sang répandu » qui est, d'abord, le signe de la perte de l'hymen, et ensuite le sang du duel à mort des deux hommes.

Page 151.

1. « La rumeur / du sang répandu » : le sens, assez évident, évoque la défloration de la nouvelle mariée, mais sa formulation si directe – « sang répandu » – et à la fois si ambiguë ne peut qu'annoncer la tragédie de ces « noces de sang ».

Page 153.

1. Tout cet épithalame tourne autour de l'eau qui coule ; il s'agit de l'eau de la noria, initialement évoquée, et qui figure, par contraste, l'aridité de ces « terres sèches » dont on a tant parlé. La noce, prélude à la fécondité, apparaît alors comme la promesse d'une fertilité sous le signe de l'irrigation.

Page 155.

1. « J'ai dans ma poitrine un cri » : c'est le cri qu'on entendra à la dernière réplique de la pièce, « l'obscure racine du cri », astucieusement annoncé par le dramaturge à l'avant-dernier acte. Notons, musicalement, que cette accumulation des « i » répétés à la fin s'accorde à la tragédie. La sonorité du « i », que l'on prononce dans l'étranglement de la gorge, traduit la douleur et le malheur. Pour Rimbaud, poète maudit comme le sera Lorca, le « i » dans le sonnet des « Voyelles » est naturellement rouge :

I, pourpres, sang craché, rire des lèvres belles
Dans la colère ou les ivresses pénitentes ;

Comment ne pas faire ici de rapprochement ?

Page 159.

1. « Prépare les plateaux de blé » : nous avons là un très ancien rite païen consistant à lancer des graines – des grains de blé ici, de nos jours plus fréquemment des grains de riz – sur les jeunes mariés, graines dont la force et surtout la fertilité leur seraient ainsi automatiquement transmises. Comme signalé deux répliques plus loin, cela « porte bonheur ».

Page 195.

1. On pense, inévitablement, à la célèbre réplique du *Richard III* de Shakespeare : « Un cheval ! Un cheval ! Mon royaume pour un cheval ! » (« *A horse ! A horse ! My kingdom for a horse !* » Acte V, scène 4).

Page 211.

1. La Lune lorquienne n'est pas seulement le signe de la mort ; elle réclame aussi le sang de ses victimes, comme dans les lointaines croyances mythologiques, et leur sacrifice pour la survie de sa lumière et le pouvoir de briller.

2. Lorca avait écrit à la fin de cette didascalie : « *Ce personnage ne fait pas partie de la distribution.* » Nous n'avons pas cru nécessaire de le mentionner ici, dans la mesure où, lors de la première de la pièce à Madrid, comme à Buenos Aires, il figurait bel et bien au programme.

Page 213.

1. Ambiguïté des lectures : on a lu tantôt « blanco limo » (limon blanc), tantôt « blando limo » (limon mou), que, pour des raisons d'euphonie, nous traduisons par « moelleux limon ».

2. « L'autre » : selon les versions du texte, on a lu « los otros » (les autres), ou « el otro » (l'autre). Auquel cas Lorca entend privilégier la présence unique du Fiancé, qui doit laver son honneur dans le sang.

Page 227.

1. « Quel verre pilé se cloue à ma langue ! » : par une étrange coïncidence historique, cette image de la langue trouée d'un clou (« *clavan en la lengua* », dit l'original) rejoint la représentation graphique de la mortelle répression dans le *Guernica*, de Picasso, peint en 1937, un an après la première édition de *Bodas de sangre.*

Page 229.

1. « Je te mettrais un linceul / aux tranchants de violettes » : l'image est audacieuse. L'original dit bien « *filos* » et non « *hilos* » ; ce ne sont pas les fils couleur de violette qui composent le linceul, mais le tranchant des « violettes », évocatrices des lames d'acier qui vont tuer. Il faut alors percevoir dans « *violetas* » l'adjectif « *violentas* », allusif de toute cette violence mortifère qui se met en place. Plus loin Lorca répète avec insistance ce mot « *filo* » : « sur le tranchant des pierres ». On voit bien, dans le texte original et dans l'usage de ce mot *filo*, si proche de *hilo* (fil), que c'est le fil de la vie qui sera bientôt tranché.

Page 233.

1. Le « drap de noce » est celui, ensanglanté par la perte de l'hymen, que, suivant une tradition judéo-arabo-espagnole, l'on exposait au lendemain de la nuit nuptiale. Sa qualification d'étendard dit bien l'orgueil de la virginité étalée au grand jour, comme preuve de l'honnêteté de la mariée et de l'honneur de la famille. Mais ici, la Fiancée se situe de l'autre côté des femmes honnêtes, et ce sang nuptial sera le signe de son déshonneur, qu'elle brandit comme une bravade, une provocation, car cet amour illicite, scandaleux, transgresseur des codes, est bien un défi lancé à cette société verrouillée et liberticide.

Page 237.

1. La « cape » de la Mort, qui est ici la Mendiante, peut faire penser à celle de « Der Tod » (la mort, en allemand, est masculin) emportant les amants sous ses grandes ailes dans le film de Fritz Lang, *Les Trois Lumières* (*Der Müde Tod*), qui date de 1921, et que Lorca avait bien pu voir et admirer à la Résidence des étudiants à Madrid. Surtout si l'on songe aussi à cette « petite flamme » unissant « les deux épis », la vie étant représentée chez Lang par une petite lampe à huile à la flamme vacillante.

2. L'« écheveau » que deux jeunes filles dévident est à l'évidence une allusion au fil des Parques, de la mythologie romaine, qui déterminent le destin humain représenté par un fil qu'elles tirent et tranchent à leur convenance.

Page 245.

1. Ces « herbes amères » pourraient bien apparaître comme une allusion à l'exode des Hébreux de l'Égypte des Pharaons, où ils ne purent manger que du pain sans levain et des herbes amères. Sans compter que la Sainte Cène, dernier repas du Christ avec les apôtres, est la

célébration de la sortie d'Égypte, et que c'est le socle même de la messe.

Page 251.

1. La Mère face à la mort de son fils s'exprime presque dans les mêmes termes que Bernarda Alba face à la mort de sa fille : « Et je ne veux pas qu'on pleure. La mort il faut la regarder en face. Silence ! (*À une autre fille.*) Taisez-vous, j'ai dit ! (*À une autre fille.*) Les larmes quand tu seras seule ! Nous plongerons toutes dans un océan de deuil ! » (*La Maison de Bernarda Alba.*)

Page 259.

1. « Je ne crains pas l'épreuve » : allusion à cette coutume médiévale qui consistait à soumettre les plaignants à l'épreuve du feu : ils mettaient tous deux la main au feu – d'où l'expression idiomatique –, ou enfilaient un gant de fer chauffé à blanc, et celui qui guérissait plus vite, ou même en sortait sauf, était déclaré innocent, car l'intervention divine l'avait épargné, au contraire de l'autre.

DU MÊME AUTEUR

Dans la collection Folio Bilingue

MON VILLAGE et autres textes / *MI PUEBLO y otros escritos* (Folio Bilingue n° 153)

LA MAISON DE BERNARDA ALBA. Drame de femmes dans les villages d'Espagne / *LA CASA DE BERNARDA ALBA. Drama de mujeres en los pueblos de España* (Folio Bilingue n° 197)

YERMA. Poème tragique en trois actes et six tableaux / *YERMA. Poema trágico en tres actos y seis cuadros* (Folio Bilingue n° 202)

Dans les autres collections Folio

ROMANCERO GITAN suivi de CHANT FUNÈBRE POUR IGNACIO SANCHEZ MEJÍAS (Folio 2 € n° 5061)

LA MAISON DE BERNARDA ALBA (Folio théâtre n° 167)

NOCES DE SANG (Folio théâtre n° 178)

YERMA (Folio théâtre n° 191)

DONA ROSITA L'ESSEULÉE ou le Langage des fleurs (Folio théâtre n° 205)

Dans la collection L'Imaginaire

IMPRESSIONS ET PAYSAGES. Proses diverses (L'Imaginaire n° 665)

DANS LA MÊME COLLECTION

Dernières parutions

ANGLAIS

ADICHIE *The Arrangements and Other Stories* / Les arrangements et autres histoires
AUSTEN *Lady Susan* / Lady Susan
BARNES *Levels of Life* / Quand tout est déjà arrivé
BRADBURY *The Illustrated Man and other short stories* / L'Homme Illustré et autres nouvelles
COE *9th and 13th* / 9e et 13e (Désaccords imparfaits)
COLLECTIF (E. Wharton, H. P. Lovecraft, F. Brown) *Bloody Tales* / Histoires sanglantes
CONAN DOYLE *The Final Problem and other adventures of Sherlock Holmes* / Le dernier problème et autres aventures de Sherlock Holmes
DAHL *My Lady Love, my Dove* / Ma blanche colombe
DAHL *Road's Revolting Recipes* / Les irrésistibles recettes de Roald Dahl
DICK *Minority Report* / Rapport minoritaire
FITZGERALD *Tales of the Jazz Age (selected stories)* / Les enfants du jazz (choix)
FITZGERALD *The Rich Boy and Other Stories* / Le garçon riche et autres histoires
FORSYTH *The Shepherd* / Le berger
HAMMETT *The Gutting of Couffignal* / *Crooked Souls* / Le sac de Couffignal / Âmes malhonnêtes
HAWTHORNE *Tales from New England* / Contes de la Nouvelle-Angleterre
HEMINGWAY *The Old Man and the Sea* / Le vieil homme et la mer
HEMINGWAY *The Northern Woods* / Les forêts du Nord
IRVING *The Legend of Sleepy Hollow* / *Rip Van Winkle* / La Légende de Sleepy Hollow / Rip Van Winkle
JAMES *The Last of the Valerii* / Le dernier des Valerii
KIPLING *Just so Stories* / Histoires comme ça
KIPLING *Stalky and Co.* / Stalky et Cie
O'CONNOR *A Good Man is hard to find and other Short Stories* / Les braves gens ne courent pas les rues et autres nouvelles
POE *The Assignation and Other Tales* / Le rendez-vous et autres contes
ROTH *Goodbye, Columbus* / Goodbye, Columbus
SHAKESPEARE, *As You Like Him* / Comme il vous plaira
SHAKESPEARE *Famous scenes* / Scènes célèbres
SHERIDAN LE FANU, *Carmilla* / Carmilla
STEVENSON *Ollala* / Ollala
WOOLF *Monday or Tuesday* / Lundi ou mardi

ALLEMAND

ANONYME *Wunderbare Reisen des Freiherrn von Münchhausen* / Les merveilleux voyages du baron de Münchhausen
BÖLL *Der Zug war pünktlich* / Le train était à l'heure
HOFFMANN *Nussknacker und Mausekönig* / Casse-Noisette et le Roi des Rats
KAFKA *Der Bau* / Le Terrier
MANN *Tonio Kröger* / Tonio Kröger
NIETZSCHE *Ecce homo* / Ecce homo
TIECK *Der Pokal und andere Märchen* / La coupe d'or et autres contes
VON SCHIRACH *Glück und andere Kurzgeschichten* / Quelle chance ! et autres nouvelles
ZWEIG *Der Amokläufer* / Amok
ZWEIG *Schachnovelle* / Le joueur d'échecs
ZWEIG *Vierundzwanzig Stunden aus dem Leben einer Frau* / Vingt-quatre heures de la vie d'une femme

RUSSE

BOULGAKOV *Записки юного врача* / Carnets d'un jeune médecin
DOSTOÏEVSKI *Кроткая* / *Сон смешного человека* / Douce / Le songe d'un homme ridicule
DOSTOÏEVSKI *Маленький герой* / Un petit héros
GORKI *Мой спутник* / Mon compagnon
KAZAKOV *На полстанке и другие рассказы* / La petite gare et autres récits
POUCHKINE *Пиковая дама* / La Dame de pique
POUCHKINE *Арап Петра Великого* / Le nègre de Pierre le Grand
TOLSTOÏ *Семейное счастье* / Le bonheur conjugal
TOURGUENIEV *Ася* / Assia
TYNIANOV *Подпоручик Киже* / Le lieutenant Kijé

ITALIEN

BARICCO *Seta* / Soie
BOCCACE *Decameron, nove novelle d'amore* / Décameron, neuf nouvelles d'amour
COLLECTIF (Verga, Pirandello, Consolo) *Novelle siciliane* / Nouvelles siciliennes
COLLODI *Pipì o lo scimmiottino color di rosa* / Pipì ou le petit singe couleur de rose
D'ANNUNZIO *Il Traghettatore ed altre novelle della Pescara* / Le passeur et autres nouvelles de la Pescara
DE LUCA *Il peso della farfalla* / Le poids du papillon
DE LUCA *Non ora, non quí* / Pas ici, pas maintenant
DE LUCA *Tre cavalli* / Trois chevaux

MACHIAVEL *Il Principe* / Le Prince
PAVESE *L'idolo e altri racconti* / L'idole et autres récits
PIRANDELLO *Vestire gli ignudi* / Vêtir ceux qui sont nus
TABUCCHI *Cinema e altre novelle* / Cinéma et autres nouvelles

ESPAGNOL

CARPENTIER *El acoso* / Chasse à l'homme
CARPENTIER *Guerra del tiempo* / Guerre du temps
COLLECTIF (Fuentes, Pitol, Rossi) *Escritores mexicanos* / Écrivains mexicains
COLLECTIF (Marsé, Zarraluki, España) *Historias de Barcelona* / Histoires de Barcelone
CORTÁZAR *Historias inéditas de Gabriel Medrano* / Histoires de Gabriel Medrano
GARCÍA LORCA *Bodas de sangra* / Noces de sang
GARCÍA LORCA *Mi pueblo y otros escritos* / Mon village et autres textes
GARCÍA LORCA *Yerma* / Yerma
NERUDA *Confieso que he vivido. Juventud* / J'avoue que j'ai vécu. Jeunesse
RIVAS *La lengua de las mariposas y otras novelas (selección)* / La langue des papillons et autres nouvelles (choix)
TIRSO DE MOLINA *El Burlador de Sevilla y convidado de piedra* / Le Trompeur de Séville et l'Invité de pierre
VALLE-INCLÁN *Un día de guerra (Visión estelar)* / Un jour de guerre vu des étoiles
VARGAS LLOSA *Los jefes* / Les caïds

PORTUGAIS

EÇA DE QUEIROZ *Singularidades de uma rapariga loira* / Une singulière jeune fille blonde
MACHADO DE ASSIS *O alienista* / L'aliéniste

JAPONAIS

RYÔKAN 梅の花 (*Ume no hana*) / Ô pruniers en fleur

CHINOIS

ANONYMES 詩經 (*Shijing*) / Le Classique des Poèmes

Tous les papiers utilisés pour les ouvrages
des collections Folio sont certifiés
et proviennent de forêts gérées durablement.

Composition Nord Compo
Impression Novoprint
à Barcelone, le 2 février 2024
Dépôt légal : février 2024
1er dépôt légal dans la collection : février 2020

ISBN 978-2-07-287269-3 / Imprimé en Espagne

629943